Deslumbrante

Deslumbrante

Trilogía Diamante, Libro 1.

ELIZABETH HAYLEY

Prólogo de
JAMES PATTERSON

OCEANOexprés

DESLUMBRANTE

Título original: *Dazzling*

© 2016, James Patterson

Publicado en colaboración con BookShots, un sello de
Little, Brown & Co., una división de Hachette Book Group, Inc.
El nombre y logotipo de BookShots son marcas registradas
de JBP Business, LLC.

Traducción: Lorena Amkie

Portada: © 2016, Hachette Book Group, Inc.
Diseño de portada: Kapo Ng
Fotografía de portada: Jezper / Shutterstock

D.R. © 2017, Editorial Océano de México, S.A. de C.V.
Eugenio Sue 55, Col. Polanco Chapultepec
C.P. 11560, Miguel Hidalgo, Ciudad de México
Tel. (55) 9178 5100 • info@oceano.com.mx

Primera edición: 2017

ISBN: 978-607-527-334-1

Impreso en México / *Printed in Mexico*

Prólogo

Cuando comencé a pensar en el proyecto de Bookshots, sabía que quería incluir series románticas. El propósito de Bookshots es ofrecerle al público lecturas fugaces que enganchen completamente y a las que dediquen un par de horas de su día, así que publicar romance me parecía natural.

Le tengo mucho respeto a los autores de novelas románticas. Me aventuré en el género con *Suzanne's Diary for Nicholas* y *Sundays at Tiffany's*, y aunque me sentí satisfecho con los resultados, descubrí que para escribir ese tipo de historias se requería mucho trabajo y dedicación. Por eso, para Bookshots, busqué hacer equipo con los mejores autores de romance. Trabajo con escritores que saben provocar emociones en sus personajes al tiempo que catapultan sus tramas.

El equipo de autoras Elizabeth Hayley es una de esas fuerzas explosivas en cuanto a literatura romántica se refiere. Esta historia, *Deslumbrante*, es el primer libro de una entrañable y dramática serie de romance. Sólo un equipo como éste podría escribir el tipo de pasión que encontrarás en estas páginas y sabemos que, al terminar *Deslumbrante*, volverás por más.

James Patterson

Capítulo 1

−Y RECUERDA DECIRLE A los clientes que tengan cuidado con el escalón al bajar al *lounge*.

Siobhan Dempsey intentó ocultar su aburrimiento. Sabía que debía prestarle atención a Saúl mientras éste repetía (una vez más) cómo quería que se manejara su *lounge*, pero ¿cuántas veces podía una chica escuchar a un calvo de sesenta y tantos años decirle que "coquetear paga las cuentas"?

Lo entendía perfectamente. Todas las bartenders y camareras del Stone Room lo entendían. El lugar tenía el nombre ideal, no sólo por las increíbles paredes de piedra expuesta sino por la variedad de gemas que lo adornaban todo, desde los candelabros de diamantes hasta los servilleteros con incrustaciones de rubíes.

Los hombres más ricos y poderosos viajaban desde todas partes del país para visitar el lujoso bar, que además de estar alojado en uno de los hoteles más elegantes de Nueva York, era famoso por la belleza de sus empleadas, que eran lo suficientemente refinadas como para no quitarse la ropa, pero no tenían miedo de enseñar un poco de piel. El uniforme del Stone Room podía describirse como chic-sexy, todo en negro.

"Negro y elegante", lo llamaba Saúl. El tipo de uniforme que requería seda y tacones de aguja. El largo de las faldas y lo acentuado de los escotes estaba directamente relacionado con la cantidad de efectivo que cada chica quería llevarse a casa al final de la noche. Por supuesto, ninguna se quejaba jamás de su sueldo.

Mientras miraba distraídamente en dirección a los sofás gris acero que descansaban sobre el oscuro suelo de madera, Siobhan seguía sorprendida de estar trabajando ahí. Antes de mudarse a Nueva York, sólo había visto lugares como el Stone Room en las películas. No existían en Oklahoma, ciertamente.

Echó un vistazo más allá de la brillante barra de caoba, al espejo detrás de las repisas de licor, para inspeccionar su propio reflejo antes de que el bar abriera sus puertas. Se alisó el largo cabello castaño, que parecía mucho más oscuro a media luz, y practicó su sonrisa de "guiarte a tu mesa me hace extremadamente feliz".

El Stone Room era pura opulencia y glamour. Siobhan no se había sentido tan fuera de lugar nunca en su vida. No tenía la menor idea de por qué Saúl le había dado el trabajo tres meses atrás, pero lo mejor era no cuestionarlo: la paga era buena y ella no tenía que hacer nada que la pusiera en riesgo de ser arrestada.

Miró a las demás empleadas, a las que fingir interés se les daba tan naturalmente. La mayoría eran aspirantes a actrices o cantantes y, por tanto, capaces de montar toda una actuación para los clientes, lo cual explicaba por qué Saúl había decidido que a Siobhan le iría mejor como anfitriona: a una pintora, como a su arte, se la apreciaba mejor si estaba inmóvil. El hecho de que hubiera dejado caer una bandeja de cristalería carísima durante su entrenamiento había, sin duda, ayudado a su jefe a decidir. Era anfitriona y probablemente lo sería para siempre. Si Saúl la dejaba quedarse, por supuesto. Le había dejado muy en claro que no toleraría otro error: tenía que aprender a controlar su torpeza innata si deseaba conservar el trabajo que tanto necesitaba.

La reunión terminó con "y no olvides sonreír seductoramente". Siobhan logró tragarse un gruñido, se puso de pie y volteó a ver a Marnel, una de las camareras.

–¿Cómo quieres que te presente hoy? –le preguntó. Marnel frunció los labios y volvió la mirada verde claro al techo, considerando su respuesta. Siobhan sabía que fingía: Marnel jamás dejaba su departamento sin estar firmemente plantada en el papel que pensaba interpretar durante la noche. Tampoco salía sin que cada uno de sus rubios rizos estuviera exactamente donde debía estar.

–¿Qué tal Scarlett?

Marnel era una aspirante a actriz cuyas creencias acerca de la fama eran bastante peculiares. Una de ellas, la más extraña, era que su nombre artístico era tan crucial para alcanzar la fama como su talento. Así que elegía un nombre distinto en cada turno, con la esperanza de que alguno fuera el correcto y la catapultara al estrellato. O algo así. Siobhan se encogió de hombros.

—No entiendo por qué no usas tu propio nombre. Es muy original.

—He sido Marnel por veintiséis años y lo único que he obtenido a cambio es el apodo "Nell" y gente preguntándome si crecí sola en el bosque.

Siobhan arqueó una ceja.

—Me da la sensación de que debería saber a qué te refieres con eso.

Marnel estaba a punto de darle una completísima respuesta cuando Cory apareció con una bandeja en las manos.

—¿A qué se refiere con qué?

Marnel apuntó a Siobhan y respondió:

—Nunca vio *Nell*. La película.

Cory inclinó la cabeza.

—No era la conversación que me esperaba.

—¿Qué esperabas? —preguntó Siobhan.

—Casi cualquier otra cosa.

Las carcajadas de las chicas fueron interrumpidas por la súbita presencia de Saúl.

—Ya abrí las puertas. Así que intenten actuar como si fueran profesionales —dijo severamente, y desapareció por donde había llegado.

—Por fortuna *para él*, puedo actuar como si fuera cualquier cosa. Incluyendo una belleza sureña llamada Scarlett —dijo Marnel exagerando su acento.

Siobhan frunció el ceño, divertida.

—Nunca he visto a una sureña en corset de encaje y shorts de cuero.

Marnel gesticuló afectadamente antes de darse la vuelta y alejarse.

—Entonces, *madame*, es que no ha conocido usted a la sureña adecuada.

Siobhan negó con la cabeza mientras una gran sonrisa le llenaba el rostro.

—Todo un personaje —comentó Cory . Será mejor que vaya yendo a mi estación. Acuérdate de sentar a todos los guapos por ahí —dijo, le guiñó un ojo a Siobhan y se dirigió a la zona del *lounge* que le pertenecía.

Siobhan contempló el amplio salón una vez más y emprendió su camino al frente del local, intentando no cojear. No solía usar zapatos altos y se preguntó por cuánto tiempo tendría que embutir los pies en tacones de aguja de 14 centímetros antes de que su arte pudiera pagar las cuentas. No era que odiara su trabajo: las chicas la divertían y la mayoría de los clientes era amable. Pero ella era una artista, no una modelo. Y sus pies no aguantarían esa clase de tortura para siempre.

De pronto, Siobhan tropezó y fue incapaz de recuperar el equilibrio. Fue como una de esas escenas en cámara lenta, en que una persona ve el suelo acercarse a su nariz milímetro a milímetro. En ese instante le pareció que toda la gente a su alrededor era especialmente atractiva y refinada y que los ojos de todos estaban fijos en ella, la chica en el minivestido negro y los zapatos abiertos que estaba a punto de morder el polvo.

Mientras se preparaba para el momento del impacto, sólo podía pensar en que aquello era una prueba más de que no pertenecía al Stone Room y lo más seguro era que sus días ahí estuvieran contados. Nada más sensual que una mujer volando por los aires y aterrizando en cuatro patas mientras intenta conservar una pizca de dignidad. Pero justo antes de que chocara con el suelo, una manaza aferró su brazo desde atrás y la puso en pie.

El caballero seguía sosteniéndola cuando ella se volvió hacia él, aunque todavía no estaba lista para levantar la mirada. Pronto se dio cuenta de que no podía mirar el suelo toda la noche, así que sus ojos azules comenzaron a ascender lentamente, recorriendo al hombre en pantalones azul marino. Comenzó a formular su disculpa en algún lugar alrededor de su cinturón.

–Mil perdones... –carraspeó, llegando a la camisa blanca planchada a la perfección–. Gracias por... –continuó, notando la ausencia de corbata y la piel bronceada asomando por el cuello–. De verdad, no sabe cuánto... –y entonces sus ojos se encontraron. Oh–Dios–Mío.

Capítulo 2

SIOBHAN HABÍA OLVIDADO RESPIRAR. Y escuchar, pues el hermoso hombre frente a ella estaba hablando. "Un momento... ¡diablos! ¡Está hablándome a mí!"

–Dis... disculpe, ¿qué decía?

Como respuesta, él le mostró una sonrisa inmaculada que resultaba aún más deslumbrante en contraste con la sombra de su barba recortada. Los ojos color miel también sonreían: era evidente que a este hombre le gustaba reír.

–Te pregunté si estabas bien.

Al notar que seguía aferrada al antebrazo que la había salvado, Siobhan se soltó bruscamente y enderezó la columna, lo cual la hizo perder el equilibrio y tambalearse una segunda vez.

–Ajá. Digo sí. Sí, estoy bien. Gracias.

Él se inclinó ligeramente hacia atrás y metió las manos en los bolsillos. Dios, sí que era alto. Siobhan medía un metro setenta sin los crueles tacones y el hombre que tenía enfrente la rebasaba por al menos diez centímetros.

–De nada.

Permaneció ahí, mirándola con una ligera mueca en los labios. Esos labios. Eran llenos sin ser demasiado carnosos y Siobhan pensó en cuán tersos se sentirían sobre su propia boca. En cómo la aspereza de la barba contrastaría con la suavidad de esos labios, creando una deliciosa fricción que querría prolongar indefinidamente.

La mano que con tanta firmeza la había sostenido, se deslizaría por su espalda para atraerla hacia aquel cuerpo, que sin duda era delgado y fuerte. En realidad no tenía ni idea de si el hombre estaba en forma o no, pero para eso eran las fantasías, ¿o no? Fantasías… "Oh, Dios mío, lo estoy haciendo de nuevo." Siobhan se abofeteó mentalmente.

—Perdón.

—¿Siempre haces eso?

—¿Qué? —preguntó Siobhan, y se miró fugazmente para ver si él se refería a alguna otra cosa ridícula que pudiera estar haciendo o si hablaba de su torpeza en general.

—Pedir disculpas.

Entrecerró los ojos, confundida.

—¿Perdón?

Él se rio.

—Y ahí está de nuevo.

¿Qué pasaba con ella? ¿Por qué se portaba como una idiota? Tenía veintisiete años, no catorce.

—Ese fue más como un "disculpe"…

—¿Hiciste algo inapropiado?

—¿Qué? —soltó.

—Que si hiciste algo por lo que tengas que disculparte.

¿Por qué se metía con ella? ¿No podía ser como la mayoría de los neoyorquinos y simplemente ignorar su existencia?

—Bueno, pues además de obligarte a evitar que me rompiera la cara contra el suelo...

Él se balanceó adelante y atrás en sus talones antes de responder.

—¿Y cómo fue que me obligaste?

—Bueno... supongo que no te obligué, no realmente. Casi cualquiera en tu lugar habría hecho lo mismo.

Su sonrisa se desvaneció y sus cejas se fruncieron.

—No sé si me gusta ser un "casi cualquiera".

—¿Preferirías ser uno de los pocos cabrones que me habrían dejado caer? —preguntó, e inmediatamente se propinó otra bofetada mental. De acuerdo, no había puesto mucha atención al montón de reglas que Saúl había repetido en la reunión, pero estaba casi segura de que el uso de palabras altisonantes frente a los clientes no estaba muy bien visto. El hombre de sus sueños soltó una carcajada antes de tenderle la mano.

—Soy Derick.

Ella le estrechó la mano.

—Siobhan.

—Siobhan. Qué nombre tan bonito.

Dejó de agitar su mano pero no la dejó ir.

—Gracias —respondió ella casi en un susurro. Él dio un paso adelante.

—Eso también lo has hecho bastante.

Siobhan lo miró, hipnotizada por sus ojos ambarinos.

—¿Qué cosa?

—Agradecerme.

—Tengo mucho que agradecer.

Derick abrió la boca para decir algo más, pero fue interrumpido por la hosca voz de Saúl.

—Siobhan, te necesitan en la recepción.

La chica recuperó su mano de inmediato y se volvió para mirar a su jefe, que se había detenido a su lado.

—Claro. Voy para allá —y mirando de reojo a Derick, musitó—: gracias de nuevo.

Se apresuró a llegar a su puesto de anfitriona y se sumergió en sus tareas, ubicando a los clientes y contestando los teléfonos junto a su compañera, Tiffany.

—Siobhan, las chicas van algo atrasadas. ¿Crees que puedas ayudarles con los tragos por un rato sin destrozar nada? —preguntó Saúl.

—Claro —respondió. "Espero". Saúl debía estar realmente desesperado como para acudir a ella. Le había dejado claro que debía andarse con mucho cuidado, y a Siobhan le pareció que pedirle que llevara líquidos caros en cristalería fina era casi como tenderle una trampa. Llegó a la esquina de la barra y saludó a Blaine, una de las expertas en tragos. Blaine se acomodó un mechón de cabello negro detrás de la oreja mientras servía un martini.

—Hey —y sonrió—, ¿qué haces tú por aquí?

—Saúl me pidió que me lanzara a ayudarles con las bebidas.

Blaine apretó los labios para evitar que se le escapara una carcajada.

—Sólo intenta no *lanzar* las bebidas por los aires, ¿vale?

—Ja, ja, muy graciosa. Supongo que viste mi... incidente de hace rato.

Los ojos azules de Blaine brillaron, divertidos.

—Sí que lo vi.

Siobhan comenzó a acomodar las bebidas en su bandeja cuando una voz la hizo pegar un respingo y derramarse licor sobre la mano.

—Ya sé cómo puedes agradecerme.

Siobhan giró bruscamente y tomó un montón de servilletas del bar. Derick.

—¿Ah, sí? ¿Cómo?

Se preguntó si Derick notaría la irritación en su voz. Su príncipe azul se estaba convirtiendo en un adolescente desagradable y ella pensó en todas las posibles maneras en que intentaría cobrarle la deuda.

—Ven a comer conmigo mañana.

Ésa no le había pasado por la mente.

—¿Comer?

Él se recargó en la barra.

—Sí. Tengo que estar en Nueva Jersey para una cena, pero me gustaría verte para comer antes de irme.

—Perdón, no puedo.

—¿Por qué no?

"Porque cuando estás cerca me convierto en un ser ridículo y torpe."

–No puedo. Nada más.

–No me parece una excusa aceptable.

–¿Y por qué me debería importar si mi excusa te parece aceptable o no?

Él lo pensó por un segundo.

–¿Porque estoy guapo?

Siobhan no pudo evitar reír.

–No es un pretexto. De verdad no puedo. Los domingos doy una clase de pintura en Central Park.

–Ya. La verdad es que es un pretexto bastante aceptable. Suena divertido.

Ella asintió.

–Muy bien. Pues nos vemos –dijo Derick, se dio media vuelta y se fue. Siobhan se quedó inmóvil por unos instantes. Estaba en shock. ¿Cómo alguien que había insistido tanto en comer con ella se daba por vencido tan fácil? Resultaba decepcionante, a decir verdad. Porque Derick no sólo se había largado: se veía bastante feliz mientras la dejaba atrás.

Capítulo 3

MIENTRAS DERICK HACÍA MALABARES con los cafés helados y la bolsa de materiales que cargaba, comenzó a odiar Central Park. No tenía idea de adónde debía dirigirse. Ya había caminado más de tres kilómetros y casi no le quedaban rincones en que buscar. Contempló el césped interminable: incluso con las hileras de árboles a cada lado, el sol veraniego lo obligaba a entrecerrar los ojos. "Si yo fuera una clase de pintura, ¿dónde estaría?"

Desgraciadamente no tenía una respuesta para la vocecita que le repetía la misma pregunta desde su llegada al parque. Giró la muñeca para ver la hora y estuvo a punto de tirarse uno de los cafés encima. Mierda. Era casi la una y la bartender del Stone Room le había dicho que la clase comenzaba a las doce y media. Si tan sólo se le hubiera ocurrido preguntarle a Siobhan la ubicación exacta... Dadas las circunstancias, para cuando llegara la clase ya habría terminado. Buscó un bote de basura para deshacerse de los cafés, que ya estaban tibios. Y entonces la vio.

Estaba a unos diez metros, con la larga cabellera enredada en uno de esos peinados desordenados que sólo una mujer así de atractiva podía usar. Creía recordar que su pelo era de un tono café oscuro, pero al sol de mediodía brillaba con destellos cobrizos. Le había encantado cómo lucía la noche anterior, con aquellas ondas suaves cayendo hasta la mitad de su espalda, pero tras ver cómo la piel del hombro asomaba por el cuello demasiado ancho de la camiseta, que resbalaba hasta su bíceps, decidió que este peinado le disputaba el primer lugar al otro.

Una sonrisa llena de satisfacción se apoderó de su rostro mientras caminaba hacia ella, que no se había percatado de su llegada y acariciaba el colorido lienzo que tenía enfrente con un pincel. Derick no podía apartar la mirada. Si no hubiera sido por el sonido de las instrucciones, habría olvidado que Siobhan estaba dando una clase.

—No se concentren demasiado en las formas. Dejen que el pincel encuentre su lugar en el lienzo.

—No llegué demasiado tarde, ¿o sí? —preguntó Derick cuando, tras cruzar el césped, llegó al frente de la clase.

El sonido de aquella voz la sobresaltó e hizo que se salpicara con un poco de pintura de la bandeja de acuarelas que sostenía. Pero se enderezó rápidamente, esta vez sin ayuda.

—¿Derick?

Su cara se llenó de confusión, aunque a Derick no le quedaba muy claro por qué: cuando ella mencionó la clase, él le dijo claramente que la vería entonces.

—¿Qué haces aquí?

—Lo mismo que todos los demás. Aprendiendo a pintar

—replicó él, mostrándole la bolsa llena de los materiales que había comprado en el camino—. Tengo de éstas. Acuarelas. No sabía lo que ibas a usar, así que traje un poco de cada cosa para estar preparado.

Los ojos de Siobhan se abrieron mucho y su voz se convirtió en un murmullo.

—¿Viniste a tomar la clase?

—Si quieres que te sea honesto, te vine a ver a ti. Pero me pareció extraño sentarme a contemplarte sin pintar nada.

Una tímida sonrisa danzó durante un par de segundos por los labios de Siobhan, esos labios que ansiaba probar, y sus ojos claros destellaron, divertidos.

—Ah, y este café es para ti, si lo quieres —agregó él, y le tendió uno de los vasos.

—¡Qué lindo detalle! Gracias. Pero prefiero el té.

Derick rio suavemente.

—Mejor, pues estoy seguro de que todo el hielo se derritió.

Finalmente se volvió en dirección a la clase y se encontró con un mar de mujeres mayores que miraban atentamente, sin perder una sola palabra de su conversación.

—Aquí hay un lugar, querido —dijo una diminuta mujer, señalando la silla blanca a su lado. Derick le agradeció con una sonrisa y se dispuso a instalarse. La viejecilla lo miró, embelesada.

—Qué bien hueles.

Derick no supo qué decir, pero por fortuna filtró el "tú también" que estuvo a punto de escapársele de la boca. En vez, sacó la libreta y las acuarelas de la bolsa y apretó el tubo de pintura azul en su reluciente paleta. El resto de la clase ya había pintado el fondo, así que hundió el pincel en la pintura y embadurnó la mitad de su hoja torpemente. No se parecía en nada a los detallados cielos de las demás estudiantes, que mezclaban tonos anaranjados y rojizos con sutileza, pero tendría que bastar.

Su mirada recorrió el paisaje: árboles frondosos, brillante pasto verde por metros y metros y, más allá, el estanque. Era fácil ver por qué Siobhan había elegido aquel sitio para su clase, pero la belleza del parque no podía siquiera compararse con la de la profesora que tenía enfrente. La forma en que esos jeans desgastados se aferraban a su trasero mientras movía el pincel de un lado al otro del lienzo... en fin. Se alegraba de estar sentado y no de pie.

Pero los atributos físicos de Siobhan no eran lo único que llamaba su atención. Su manera de recorrer la clase para darle a cada estudiante unos minutos la hacía todavía más atractiva. Su rostro se iluminaba con cada interacción, dejando en claro cuánto amaba lo que hacía. Hasta que finalmente llegó hasta él.

—No está mal —le dijo con una pequeña sonrisa. Derick analizó el dibujo que tenía enfrente: su sobrino de cuatro años podía haberlo pintado. O Siobhan estaba siendo amable, o necesitaba urgentemente un chequeo de la vista.

—Gracias. Es porque eres una buena maestra. Aunque el arte no es tanto lo mío.

Siobhan parecía intrigada.

–¿Ah, no? ¿Qué es lo tuyo?

Ella inclinó la cabeza y Derick notó la pizca de polvo dorado que acentuaba sus pómulos: ciertamente era un contraste con el dramático maquillaje que había lucido la noche anterior. Resultaba aún más hermosa sin la capa de cosméticos.

–¿Desde ayer en la noche? –dijo él–. Tú.

Las mejillas de la chica se colorearon de inmediato y aunque Derick no se arrepentía de su comentario, decidió cambiar de tema para que volviera a sentirse cómoda.

–No tenía idea de lo difícil que es pintar con acuarelas de verdad. Sólo había usado las que vienen en esos estuches blancos, ¿sabes? Las que usan los niños. El tipo de la tienda tuvo que decirme cuáles comprar.

Siobhan echó un vistazo a la bolsa que él había traído: estaba llena de pasteles, pinturas de óleo, lápices de carbón y pinceles.

–Dios, ¿de verdad compraste todo esto? ¡Debió costar cientos de dólares!

Derick se encogió de hombros.

–Dijiste que no podías ir a comer, así que...

–Qué dulzura de muchacho –dijo una voz. Se trataba de la mujer sentada a su izquierda–. A mi esposo, que en paz descanse, le habrían venido bien un par de lecciones de romance. ¿Hiciste todo esto sólo para ver a tu novia?

Siobhan abrió mucho los ojos.

−Ah, no, no somos... −y gesticuló en el espacio entre ellos, negando con la cabeza−. No es mi novio.

Derick alzó la mirada para ver a Siobhan, que no podría haber parecido más incómoda. De alguna manera, la incomodidad le quedaba bien.

−Cierto −confirmó entonces−, no es mi novia.

Sintió cómo sus propios ojos se encogían debido a la sonrisa que no podía evitar. Y que no quería evitar.

−No todavía, al menos.

La mujer se dirigió a Siobhan.

−Bueno, querida, ¿y qué esperas?

Siobhan se volvió a mirar a Derick y la chispa en sus ojos lo llenó de esperanza.

−Ni siquiera hemos salido. Colarse a mi clase de pintura no cuenta como una cita.

Derick rio mientras terminaba de guardar sus materiales.

−Supongo que no −dijo, y se puso de pie−. ¿Necesitas ayuda para llevar algo a tu coche?

Ella entrecerró los ojos e inclinó la cabeza ligeramente.

−Hummm.... No, estoy bien. No es necesario.

Derick asintió y le lanzó una sonrisa, sin comprender qué podría estarla confundiendo tanto. Quizás él estaba malinterpretando las señales.

−Bueno. Entonces nos vemos luego −dijo, se despidió del resto de las estudiantes con un gesto, y se alejó caminando.

Capítulo 4

–¿CÓMO QUE SE FUE? –preguntó Blaine mientras guardaba las copas recién pulidas en su lugar. Siobhan suspiró.

–Así como lo oyes. Creí que le había dejado muy claro que quería que me invitara a salir, pero lo único que hizo fue ofrecerme llevar cosas a mi coche. Fue humillante.

–Espérame un segundo, ¿tienes coche? –preguntó Blaine.

–¿Te parece que eso es lo más importante de esta historia? –exclamó Siobhan. Blaine se encogió de hombros–. Y claro que no tengo coche. Estamos en Nueva York.

–Ya lo vi por aquí un par de veces, así que no te está evitando.

–Entonces yo soy la única incómoda. Genial –y apretó los labios hasta formar una delgadísima línea.

–Bueno, al menos está como si nada. Seguro que ni se dio cuenta de que te le estabas ofreciendo –comentó Marnel, burlona.

–Gracias, muchas gracias por eso –respondió Siobhan sin expresión en la cara. Aunque, en silencio, rogó por que lo que decía Marnel fuera cierto. La verdad era que deseaba a Derick con una urgencia casi animal, algo que nunca antes había sentido. Pero no quería que él se diera cuenta. Moriría de la vergüenza. Deslizó las manos por la lustrosa madera de la barra y el suave movimiento le calmó los destrozados nervios. Hasta que Blaine le dio un manotazo.

—Deja de estar manoseando mi barra. Ya sabemos que no es el tipo de... *barra* que necesitas.

Siobhan retrajo las manos y las chicas prorrumpieron en carcajadas.

—Con amigas así, quién necesita enemigas —gruñó Siobhan—, y yo que esperaba que me dieran ánimos.

Marnel alzó los brazos y agitó la cabeza, los mechones rubios balanceándose de lado a lado.

—¡Haberlo dicho antes, querida! A ver, déjame intentar otra vez —dijo, juntó las palmas frente a su pecho, en postura de meditación, y cerró los ojos unos instantes. Cuando se volvió en dirección a Siobhan, su mirada era intensa. Le puso a Siobhan una mano sobre el hombro con expresión solemne y declamó—: Yo soy tu amigo fiel. Yo soy tu amigo fiel. Y si un día tú te encuentras...

Siobhan le apartó la mano e hizo una mueca.

—¿De verdad estás recitándome la canción de *Toy Story*? ¿Es lo mejor que tienes?

—Perdón, perdón. La tercera es la vencida. Nada de Disney. Va.

Esta vez se acercó, tomó los hombros de Siobhan y le dio un fuerte abrazo.

—No te preocupes, querida. Un día él se dará cuenta de que

tú eres sólo una chica, parada enfrente de un chico, pidiéndole que la ame.

Siobhan retrocedió bruscamente y las chicas volvieron a reír a carcajadas.

–¿*Notting Hill*? ¡Eres pésima para esto!

Marnel la miró, sorprendida, y dejó caer los brazos en gesto derrotado.

–Esa sí la viste, ¿no? ¿Nunca habías oído de *Nell* pero te sabes la mierda de *Notting Hill* de memoria?

–¡Es buena! Y me gusta Julia Roberts –argumentó Siobhan, aunque no tenía la menor idea de porqué estaba defendiendo a *Notting Hill* con tanta pasión. Iba a cambiar de tema cuando Marnel exclamó:

–¡Claro que te gusta Julia Roberts! Todo el mundo adora a Julia Roberts, no importa si es una prostituta, una abogada o la peor mejor amiga del mundo. ¡Eso es! Había planeado ser Yvette esta noche, pero mejor, llámenme Julia –concluyó, y golpeó la barra enfáticamente.

–Será mejor que te calmes un poco, "Julia". Saúl nos mira fijamente –murmuró Blaine. Siobhan echó un vistazo furtivo. *Muy* fijamente.

–Muy bien, pues me voy a trabajar. Gracias por nada, chicas.

Comenzó a alejarse cuando la voz de Blaine la detuvo.

–Si te sirve de algo, creo que todo esto es un malentendido. Dudo mucho que el tipo haya ido a buscarte a Central Park y tomado una clase de pintura simplemente para pasar el rato.

Así que, a menos que una de tus abuelitas lo haya flechado, creo que tienes buenas probabilidades. Pero tienes que relajarte o se te va a empezar a caer el pelo.

Siobhan respiró hondo y digirió las palabras de Blaine.

–Tienes razón. Más me vale aclarar mi mente y no obsesionarme al respecto.

–Exacto. Ahora ve y presenta a la gran Julia, que su público la espera.

Siobhan rio y se encaminó a la recepción. Podía hacerlo, claro que podía. Podía olvidarse de Derick y concentrarse en su trabajo. Y lo hizo. Por aproximadamente diez minutos. Luego comenzó a imaginarlo desnudo y se distrajo por completo. ¿Cuál era su problema? No era su estilo ponerse así a causa de un tipo. Era una mujer fuerte y determinada, no una adolescente obsesionada que permitía que una estúpida infatuación la convirtiera en un manojo de nervios. El que Derick tuviera ese efecto en ella estaba desequilibrándola por completo. Ya había cometido varios errores durante la noche, pero si volvía a llamar a Marnel por su verdadero nombre frente a los clientes, iba a salir lastimada. Al parecer, todo el tema de "Julia" estaba funcionando y Siobhan podría arruinar su oportunidad de alcanzar la fama y la fortuna, cosa que Marnel no le perdonaría jamás.

Siobhan también estaba arruinando su propia oportunidad de conservar su trabajo en el Stone Room. Había llevado a dos grupos de clientes hasta mesas que ya estaban ocupadas, volcado un jarrón lleno de agua y flores con un menú y jalado la silla de un comensal sin avisarle que lo estaba haciendo. Gracias a Dios el tipo había hecho gala de su fuerza abdominal e increíble balance, pues de haber azotado contra el suelo, Siobhan se habría metido en líos. Por suerte, Saúl estaba ocupado haciendo inventario esa noche, o habría sido testigo de la serie de desastres de la velada. Su distracción era tal, que apenas notó que Derick se acercaba en su dirección. "Un momento... ¿Derick?"

–¿Derick? –se escuchó a sí misma decir.

–¿Cómo estás? –saludó él, y se acercó a abrazarla. El cuerpo de Siobhan le devolvió el abrazo mientras su mente intentaba ponerse al corriente. Cuando lo logró, dejó caer los brazos. Derick sintió el cambio de energía y retrocedió con el ceño fruncido.

La mente de la pobre chica no dejaba de girar. Le alegraba verlo y a la vez estaba extremadamente irritada. Derick metió las manos en los bolsillos y se balanceó sobre sus talones, sonriéndole. Y ésa fue la gota que derramó el vaso. ¿Cómo se atrevía a parecer tan feliz cuando ella había estado enloqueciendo por tres días? Ah, no. Eso sí que no. Sonreír era inaceptable.

–¿Mesa para uno, señor?

Derick arqueó una ceja.

–¿"Señor"?

Capítulo 5

MIENTRAS ESPERABA QUE LA mujer que tenía enfrente volviera a hablar, puso todos sus esfuerzos en intentar leerla. Parecía distinta de la persona a la que había conocido hacía menos de una semana, y no podía entender por qué. Cuatro días atrás, en el parque, se había mostrado interesada en él. Al menos eso le había parecido.

—Así es como el dueño pide que saludemos a los clientes. "Señor."

—Bueno –y sonrió, aunque la situación era tensa–, supongo que creí que ya habíamos pasado la etapa de los saludos formales.

Siobhan tomó uno de los menús de cuero negro de la repisa detrás de la recepción y le dio la espalda.

—Sígame, por favor.

Derick obedeció y ella lo guio hacia la parte de atrás del bar, a una pequeña mesa junto a la pared. No dijo nada hasta que la chica dejó de caminar, momento en que se situó frente a ella, a sólo centímetros de distancia, para mirarla a los ojos. El aroma de su champú llegó hasta él, aunque no pudo identificar de qué era. Almendras, quizá.

–Tenía la esperanza de que estuviéramos más allá de la relación anfitriona-cliente. ¿O me perdí de algo?

Siobhan cerró los ojos por demasiado tiempo para que se considerara un parpadeo. Cuando los abrió, dirigió la mirada al suelo antes de subir hasta encontrarse con la de Derick. Era uno de esos gestos que hace la gente cuando les parece que sería grosero rodar los ojos hacia arriba pero quieren expresar irritación de algún modo.

–No puedo... –comenzó, pero no pudo continuar. En cambio, dejó escapar un suspiro prolongado que era el sonido de la derrota–. Disfrute su velada.

Dejó el menú sobre la mesa de madera oscura y se dio la media vuelta para marcharse.

–Siobhan –llamó Derick cuando ella se encontraba a un par de metros–, ¿qué está pasando?

Ella se detuvo pero no volteó.

–He estado viniendo para ver si te encontraba en el trabajo, y ahora que al fin estás aquí, pareciera que no quieres ni hablar conmigo.

Ella se volvió para enfrentarlo y le dijo:

–Supongo que podría decir lo mismo de ti.

Derick no había creído que fuera posible estar más confundido, pero se había equivocado.

–¿Qué?

Siobhan se cruzó de brazos y le lanzó una mirada que buscaba comunicarle claramente lo que pensaba: que él era un idiota. Y él estaba de acuerdo, aunque no sabía por qué.

–La clase de pintura, Derick. Llegas ahí de la nada, diciendo lo mucho que querías verme, y cuando tienes una oportunidad para invitarme a salir, lo que dices es: "¿Te ayudo a llevar cosas al coche?".

Guau, esa sí que no se la esperaba.

–Creí que estaba siendo amable.

–Mira, me interesas. O me interesabas –dijo Siobhan, y negó con la cabeza–, ya no sé cuál de las dos–. Él detectó cierta inseguridad en su voz, pero al volver a hablar, sonó más firme–: Pero lo que sí sé es que no necesito estos jueguitos. Tu camarera estará contigo enseguida.

Supo que estaba a punto de girar sobre sus talones, pero esta vez no le permitiría marcharse. No si podía evitarlo.

–No quiero a ninguna otra camarera. Te quiero a ti.

Los hombros de Siobhan parecieron relajarse y sus ojos se suavizaron un poco.

–No soy camarera.

Derick se acercó un poco más, acortando la distancia entre los dos.

–Supongo que es cierto. Pero eso no hace ninguna diferencia: te quiero a ti.

Esta vez Siobhan no evitó que sus ojos se pusieran en blanco, pero una parte de su enojo, tan presente minutos atrás, pareció disiparse. Derick respiró hondo mientras notaba que la piel bajo sus clavículas estaba salpicada de pecas. Dios, cómo le gustaría pasearse por ahí con la lengua.

–Eres hermosa. Y el otro día en el parque quería invitarte a salir —aseguró—, pero estábamos rodeados de mujeres de la tercera edad y yo estaba cubierto de pintura y sudor.

—Yo también estaba cubierta de pintura y sudor.

Derick estiró el brazo para acomodarle un mechón del cabello ondulado detrás de la oreja. Su pulgar jugueteó por un instante con el arete plateado, que rozó el cuello de Siobhan cuando ésta inclinó la cabeza, invitándole a responder. Él no pudo resistirse y la empujó contra la pared, dejándola sin aliento.

—Sí —le susurró al oído— y te veías deliciosamente perfecta.

Ella suspiró y se pasó la lengua por los labios, haciendo que olvidara por instantes lo que quería decir.

—No podía invitarte ahí, así. No es mi estilo.

—¿Y cuál es tu estilo? —preguntó ella en voz baja. El intenso azul de sus ojos chispeaba a la tenue luz de la lámpara sobre su cabeza. Derick sonrió.

—Aparentemente mi estilo ahora es presentarme en un bar cuatro noches seguidas y hacerle creer a las camareras del Stone Room que soy alcohólico.

—Seguro que no piensan eso.

Derick guardó silencio un instante.

—La verdad es que me tiene sin cuidado lo que piensen. Porque no son tú —declaró. Podía sentir cómo la fricción que había habido entre ellos iba transformándose en tensión sexual—. Entonces qué dices —susurró, y buscó los dedos de ella para rozarlos con los suyos—. Sal conmigo mañana. Deja que te lleve a una cita de verdad, una que no incluya pintura, café tibio ni otras mujeres.

Las comisuras de los labios de Siobhan se levantaron para revelar, súbitamente, una amplia y desenfadada sonrisa.

–¿Eso es un sí?

–¿Cómo rechazar una cita que no incluya a otras mujeres? –respondió Siobhan. Él sonrió, aliviado, y le acarició suavemente la mejilla con el dorso de la mano. Una fuerza magnética parecía atraerlo hacia ella y antes de darse cuenta estaba a sólo centímetros de sus suaves labios rosados. Pero justo en el instante en que Siobhan se dejaba ir y cerraba los ojos, una voz los obligó a separarse.

–Al fin te encuentro –dijo Cory, incómoda por tener que interrumpirles–. Saúl te está buscando como loco.

–Mierda –masculló Siobhan mientras se alisaba la blusa con las palmas de las manos. Cory se fue en la misma dirección por la que había llegado, dejándolos solos de nuevo.

–Será mejor que vayas –dijo Derick–, no quiero meterte en problemas. Te encontraré antes de irme para que me des tu teléfono.

–Suena bien –asintió Siobhan–, así tengo tiempo para decidir si te lo doy o no.

Era evidente que Siobhan estaba conteniéndose para no sonreír. Se alejó y Derick se quedó contemplando cómo su trasero se movía bajo la apretada falda negra. Realmente deseaba que, dentro de poco, le diera mucho más que su teléfono.

Capítulo 6

SIOBHAN CERRÓ LOS OJOS para saborear un bocado más de su langosta.

—Está demasiado deliciosa —dijo mirando a Derick, que, sentado al otro lado de la angosta mesa, parecía bastante satisfecho consigo mismo.

—Te lo dije —respondió, y alzó la botella de vino que había llevado al pequeño restaurante italiano— ¿Más?

—¿Por qué no? Sólo un poquito.

Le tendió su copa vacía y se sirvió un poco más de ensalada del platón que el mesero había puesto entre ellos. Le dio un buen trago al vino y reconoció la etiqueta de la botella. Formaba parte del menú del Stone Room, y aunque nunca antes lo había tomado ni tenía idea de cuánto costaba, debía de ser caro. El mesero volvió y apiló los platos sucios.

—¿Puedo ofrecerles algo más?

Derick miró a Siobhan.

—¿Te gustan los cannolis? —preguntó.

—¿A quién no? —replicó ella.

—¿Dos, entonces? —confirmó el mesero.

—Por favor. Y yo quiero un café —dijo Derick, y se volvió hacia ella— ¿Té para ti?

Siobhan asintió.

—Cualquier té herbal está perfecto.

El mesero asintió y se dirigió al pequeño bar al fondo del restaurante. El lugar era muy agradable e íntimo, con dos de sus paredes de ladrillo expuesto y apariencia desgastada y sólo unas quince mesas distribuidas en el acogedor espacio. Siobhan miró a su alrededor, encantada.

—Si no fuera por el idioma, podría pensar que estoy en Italia —dijo.

Derick se recargó en su asiento. Su polo color negro parecía ligeramente apretada contra su musculoso pecho y ella comenzó a fantasear con cómo se vería ese pecho sin ropa. Seguro que tenía la cantidad justa de vello en los pectorales, y una fina línea bajando hacia el abdomen marcado, y si seguía hacia abajo, a los huesos de las caderas y el resorte de los bóxers negros y apretados...

—¿Cuándo fue la última vez que fuiste?

¿Qué? Le tomó un momento recordar de qué habían estado hablando. Intentó recobrar la compostura antes de responder, aunque sus mejillas hervían de vergüenza.

—¿A Italia? Nunca. Jamás. Sólo sé lo que he visto en fotos y películas. Pero me encantaría ir... Siento que cualquier aspirante a artista debería ir eventualmente.

—¿"Aspirante"? A mí me pareciste bastante buena.

Siobhan puso los codos sobre la mesa y recargó la barbilla en sus manos.

–Gracias –suspiró , pero para dejar de ser "aspirante" tengo que vender algo. Lo cual espero que pase pronto. Voy a exponer algunas pinturas en la inauguración de una nueva galería dentro de un par de semanas.

El rostro de Derick se iluminó. Parecía genuinamente impresionado.

–¿De verdad? ¡Qué emocionante!

El corazón de Siobhan dio un vuelco. La pura idea de exponer su arte a la mirada de un montón de extraños la ponía a temblar.

–Es emocionante, sí, pero cada que lo pienso, siento que me voy a desmayar.

–Bueno, pues no te desmayes ahora, porque te vas a perder el postre –dijo Derick, señalando al mesero que se acercaba con una bandeja. Siobhan retiró los codos de la mesa para que pudiera poner el plato y la taza de té frente a ella.

–No me voy a desmayar, pero sí que me pone nerviosa. Soy todo un cliché: me mudé a Nueva York porque es a donde todo el mundo viene para hacer sus sueños realidad, ¿no?

Derick asintió.

–Pero ya que estoy aquí, tengo que admitir que la ciudad me intimida un poco.

–Es como cualquier otra ciudad –dijo Derick, aunque ella sabía que sólo intentaba hacerla sentir mejor. Observó mientras él le ponía un poco de azúcar a su café y lo mezclaba–. ¿Cuándo te mudaste?

–A mediados de marzo. Llevo aquí casi cuatro meses, pero he estado tan ocupada, que ni he tenido tiempo de ver la ciudad. Aunque lo que he visto me basta para saber que es *muy* diferente a Oklahoma.

Siobhan detectó una chispa de excitación en los ojos de Derick, que se pasó la mano por el corto vello de su rostro. Siobhan se preguntó cómo se sentiría su barba al roce con su piel.

–¿Te parece si tomamos el postre para llevar? –propuso él. Siobhan inclinó la cabeza a un lado, confundida.

–¿Está bien...? –dijo ella, más como una pregunta que como una respuesta. Derick sacó su cartera rápidamente y puso dos billetes de cien dólares sobre la mesa, lo cual equivalía a mucho más de lo que había consumido, con todo y una muy generosa propina incluida.

–¿Lista? –preguntó, tomando su cannoli. Siobhan asintió, se llevó su postre y lo siguió hasta la calle, donde él empezó a avanzar rápidamente. Tuvo que acelerar el paso para alcanzarlo–. Lo primero que tienes que saber hacer en Nueva York es comer sobre la marcha. Debes caminar con un propósito, aunque no lo tengas.

–No suena tan difícil –dijo Siobhan antes de darle una mordida a su cannoli. Derick arqueó las cejas al tiempo que masticaba.

–Eso viniendo de alguien a quien tuve que recoger del suelo cuando nos conocimos.

Siobhan le dio un manotazo juguetón.

–¡Qué mentiroso! Todavía no llegaba al suelo cuando me recogiste.

Siguieron así por unos cinco minutos, comiendo y esquivando gente.

–¿A dónde estamos yendo? –preguntó Siobhan.

–Ya verás –replicó él–, ya casi llegamos.

Señaló un elegante edificio que parecía estar compuesto sólo de ventanas. Siobhan reconoció el famoso acrónimo en uno de sus flancos.

–El Museo de Arte Moderno –dijo, más para sí misma que para Derick.

–Ajá. Tú sabes de arte y yo sé de Nueva York, así que me pareció un buen lugar para empezar.

–¿Para empezar qué?

–Tu recorrido por la ciudad –respondió Derick, deteniendo la puerta para que ella pasara.

–¿Mi recorrido? –repitió ella, alzando la cabeza para abarcar el increíble espacio con la mirada. Incluso el vestíbulo del museo parecía una obra de arte: líneas limpias, techos altos, todo rodeado de mármol y cristal.

–Tu recorrido por Nueva York –dijo Derick, y sonrió ampliamente. Siobhan miró su reloj.

–Pero ya casi son las seis, ¿no está a punto de cerrar?

–No para nosotros.

Capítulo 7

DESPUÉS DE QUE DERICK le deslizara un puñado de billetes nuevecitos al guardia de la entrada, saltaron de sala en sala, con Siobhan hablándole a Derick de las pinturas de algunos de los artistas más conocidos: Matisse, Pollock, Monet.

—Éste es uno de mis favoritos —le dijo, señalando *La persistencia de la memoria*, de Salvador Dalí.

—Éste ya lo había visto. Estaba en mi libro de Español de la prepa.

Siobhan rio.

—Creo que también estaba en el mío. Pero me encantaba desde antes. Cuando me empezó a interesar el arte, iba a la biblioteca y sacaba libros de diferentes artistas para leer acerca de sus pinturas.

—Ñoña —comentó Derick, y le dio un codazo juguetón—. Bueno, ¿y qué decía tu libro de estos relojes chuecos?

Siobhan se rio de nuevo.

—Los relojes derretidos. Hay muchas teorías... Algunas personas creían que tenía que ver con la Teoría de la Relatividad de Einstein, pero Dalí lo negó. A mí me gusta la idea de que significa que el tiempo es un concepto abstracto. No es concreto pero tampoco inexistente; está en algún lugar intermedio.

Derick la miró, miró el cuadro y volvió a mirarla a ella.

—El tiempo es algo creado por los humanos —continuó Siobhan—, tenemos que respetar un horario, estar en un lugar específico a una hora determinada... Ninguna otra especie vive así. Es algo que nos inventamos, de alguna manera. Pero a la vez, el tiempo es muy real. Es lo que hace que cada momento sea especial, y una vez que se ha ido, no puedes recuperarlo —dijo con cierta melancolía. Luego se encogió de hombros y agregó—: Excepto en la memoria o en un sueño, tal vez.

Guardó silencio y contempló la pintura, incapaz de creer que estaba frente a la pieza original.

—Creo que por eso me gusta tanto el surrealismo: es donde la realidad y la ficción convergen. Además, es algo que yo nunca podría pintar, así que sólo por eso me impresiona.

—No entiendo... no entiendo cómo la gente analiza el arte. Es como un idioma aparte, y yo no lo hablo. Pero es muy interesante, al menos cuando tú hablas de ello —dijo Derick, y desvió la mirada del cuadro a la chica a su lado—. Aunque si tengo que contemplar algo en este edificio, prefiero que seas tú.

Siobhan sintió una ráfaga de calor subiendo hasta sus mejillas mientras los ojos color caramelo de Derick la recorrían de pies a cabeza. No era la primera vez que lo hacía, mirarla fijamente como si estuviera en el célebre museo para admirarla a ella y no a las obras de arte que los rodeaban.

Aunque estaba completamente vestida, de alguna manera

sus intensas pupilas la hacían sentir expuesta. Pero no le molestaba. De hecho, le encantaba la sensación de que Derick podría abalanzarse sobre ella en cualquier momento... Deseaba con cada partícula de su ser que lo hiciera.

Él se acercó un poco más y le acarició una mejilla. El tierno contacto encendió una chispa de electricidad que la recorrió de pies a cabeza.

—Bésame —suplicó ella, y aunque la petición había salido de su propia boca, se sorprendió al escucharla. No solía ser así de directa, pero si tenía que permanecer tan cerca de Derick sin sentir sus labios sobre los suyos, su cuerpo entero haría implosión.

Había algo en este hombre que la impulsaba a actuar en vez de pensar, a sentir en vez de suprimir. Antes de conocer a Derick, sólo había sentido una pasión así por el arte, pero él había encendido una llama en su interior, un fuego que no podía extinguir aunque quisiera. Y no quería, definitivamente.

Los ojos de Derick se abrieron y la miraron intensamente, con el mismo deseo que ella sentía en las entrañas.

—Sígueme.

Su voz era rasposa y urgente mientras le tomaba la mano y la arrastraba a una sala en penumbras. Apenas habían doblado la esquina cuando todo él estaba sobre ella, presionándola contra la pared del cuarto vacío con su musculoso cuerpo. Siobhan deseó que aquello fuera una muestra de lo que estaba por venir. No quería ternura. Quería que la tomara así, ávida y desenfrenadamente.

Sus bocas se buscaron, devorándose salvajemente al tiempo que un gruñido escapaba de lo más profundo del pecho de él. El sonido hizo que el vientre de Siobhan se encogiera. Toda ella era una llama encendida, cada sensación la estremecía y aumentaba la imperiosa necesidad de clamar a este hombre que había puesto su vida entera de cabeza. El tiempo pareció detenerse y ninguno de los dos intentó llevar las cosas más lejos. El beso era suficiente. Lo era todo.

Pero eventualmente, el calor entre ellos los obligó a buscarse de nuevo. La boca de él abandonó la de ella para hundirse en su cuello, probando su carne como un animal hambriento, derritiéndola con su calor y haciéndole cosquillas con su barba.

—Me fascina tu sabor —siseó Derick sobre la piel de su nuca.

Como respuesta, ella soltó un suave gemido, y siguió exhalando accidentadamente mientras la mano de él se introducía debajo de la liviana tela azul marino de su blusa. "Cada palabra que sale de su boca es candente".

—¿Sigo? —preguntó él.

—Sí, sí... sigue, por favor —carraspeó ella, e inhaló profundamente, impregnando sus sentidos de todo lo suyo, del aroma de su transpiración mezclado con jabón, una combinación que la intoxicaba y de la que nunca tendría suficiente. Cuando la embistió con sus caderas, Siobhan pudo sentir la firmeza de su erección contra su vientre. Volvió a buscarle los labios y se perdió en el beso.

Necesitaba que él continuara, que aliviara la dolorosa tensión que desde la noche anterior palpitaba entre sus piernas y mojaba su ropa interior. Estaba segura de que era posible, sólo tenía que rodearlo con una pierna y frotarse contra su cuerpo y...

–Deberíamos continuar en otra parte –sugirió Derick, retrocediendo ligeramente y mirando a su alrededor–. No sé si puedo seguir haciendo esto con esa estatua del David observándonos.

Siobhan echó un vistazo a la estatua que Derick señalaba.

–Ése, definitivamente, no es el David.

–Es la estatua de un tipo desnudo. Da lo mismo –argumentó él. Luego puso un dedo bajo su barbilla y le levantó la cara para mirarla a los ojos. "Dios, es hermoso"–. ¿Vamos a mi casa? –preguntó con suavidad antes de darle un beso. Siobhan dejó escapar un suspiro lastimoso.

–No puedo.

Derick se mostró compungido.

–No quise decir... o sea, no tenemos que... si no quieres... –tartamudeó.

–¡No! No. Eso no es lo que quise decir. Sí quiero. Mucho. No tienes idea –aseguró ella. Derick echó un vistazo a su abultada entrepierna y luego miró a Siobhan con una divertida sonrisa en los labios.

–Creo que tengo *alguna* idea.

–Cierto –concordó Siobhan. Dejó escapar un suspiro y agitó la cabeza como intentando aclarar sus pensamientos–. Es que no puedo ahora mismo. Tengo que recoger a la hija de mi vecina de su clase de gimnasia y después prepararme para el trabajo.

Derick inclinó la cabeza y, mirándola intensamente, le aferró los brazos.

–Te aseguro que lo que yo tengo planeado para ti es mucho más divertido.

–No me cabe la menor duda –dijo ella en tono lastimero. Después se arreglaron la ropa y el calor entre ellos descendió lo suficiente como para permitirle a Siobhan alegrarse de que no pudieran llegar más lejos. Derick le gustaba y quería saber mucho más de él que cómo se veía desnudo.

Capítulo 8

SIOBHAN SE REVOLVIÓ EN su asiento, presa de una mezcla de incomodidad y emoción. Derick y ella habían decidido encontrarse el martes siguiente, ya que ella no trabajaba y así evitarían tener que luchar contra las multitudes de turistas que visitaban Nueva York los fines de semana.

Derick la había recogido a las ocho de la mañana y al salir ella se había encontrado con su encantadora sonrisa y un chofer de pie junto a una Escalade negra. Al menos creía que era una Escalade. Derick le explicó que tenía muchas cosas planeadas, y que el día comenzaría con una parada obligada en su cafetería favorita antes de emprender el camino a la Estatua de la Libertad. Estaba tan emocionado, que a Siobhan le sorprendió que no zumbara.

—Podemos comer algo rápido y empezar nuestro recorrido —sonrió Derick, y ella se calmó al instante.

En su camino al puerto para abordar el ferry, Derick le señaló algunas de las atracciones locales que ella todavía no había podido visitar. Él comentó que había intentado alquilar un bote privado que los llevara a la isla, pero sólo los transbordadores tenían permiso de atracar ahí.

Siobhan intentó mantener vivo su entusiasmo, pero la aparente riqueza de Derick la estaba distrayendo. Por supuesto que sabía que tenía dinero: el Stone Room era conocido por atraer hombres acaudalados, pero Derick no se parecía al tipo de hombre que frecuentaba el lugar. Parecía tener los pies en la tierra. Como ella.

Sin embargo, al comenzar a subir los 377 escalones que los separaban de la corona de la Dama de la Libertad, Siobhan dejó de pensar en la supuesta riqueza de Derick y empezó a lamentarse por no haber hecho más ejercicio aeróbico desde su mudanza a Nueva York. Tras apreciar las vistas por un rato y después de que Derick le comprara un peluche de la Estatua de la Libertad, tomaron el ferry de vuelta y continuaron el recorrido.

La siguiente parada fue el Empire State. El ascensor estaba abarrotado de gente y Derick se recargó en la pared y atrajo a Siobhan hacia él mientras subían los 102 pisos. Dejó las grandes manos sobre sus caderas y ella no pudo resistir la espalda en su pecho.

—Tal vez deberíamos pasar el resto del día en este elevador —le susurró él al oído. Ella volteó ligeramente para verlo de reojo.

—No es lo que se me prometió cuando acepté esta cita —replicó Siobhan.

Un tintineo anunció que habían llegado a su destino. Derick dejó escapar un suspiro cuando se vieron forzados a separarse, y entrelazó sus dedos con los de Siobhan para abandonar el ascensor.

—Supongo que tengo que cumplir mi promesa. Vamos —agregó con una mueca.

Anduvieron por la plataforma de observación por unos minutos, mirando a través de los binoculares de paga. Derick le tendió algo.

—¿Qué es esto?

—Un centavo.

Ella soltó una carcajada.

—¿Y qué quieres que haga con él?

—Dejarlo caer —respondió él, como si resultara evidente. Siobhan arqueó las cejas y miró la moneda que tenía en la mano.

—¿Por qué?

—Para matar a alguien.

La cabeza de la chica viró a velocidad supersónica para buscar los ojos de él y exclamar:

—¡¿Qué?!

Debió gritar demasiado fuerte, porque todas las personas a su alrededor voltearon a verlos. Y Derick, el muy desgraciado, comenzó a reír a carcajadas.

—¿Nunca escuchaste esa leyenda urbana?

—¿Cuál, que cuando se visita el Empire State es costumbre cometer homicidio en primer grado? No. Al parecer me la perdí.

Él seguía riendo.

–Se decía que si tirabas un centavo desde esta altura y le caía a alguien en la cabeza, podía matarle, pero los Cazadores de Mitos ya lo desmintieron. Eso sí, puedes pedir un deseo y se te cumplirá –dijo, y pasó los dedos por la verja frente a ellos antes de agregar–: Lástima que ya está prohibido lanzar los centavos. Tendremos que conformarnos con dejarlos en el borde.

Siobhan jugueteó con la moneda en la palma de su mano.

–No creo en pedir deseos –dijo con un guiño–, yo forjo mi propia suerte.

–Como quieras –dijo Derick, al tiempo que cerraba los ojos. Se quedó quieto por un segundo y a continuación dejó su centavo sobre la cornisa y miró a Siobhan–. Vas a estar triste cuando mi deseo se haga realidad y el tuyo no.

–¿Qué pediste?

–Pon tu centavo y pide un deseo, y te digo.

–Eso es chantaje –refunfuñó ella, pero cedió de todas maneras, deseando que su próxima exposición fuera redituable. Estuvo a punto de reír ante lo absurdo de su deseo, pero se contuvo y tras colocar su centavo junto al de Derick, se cruzó de brazos y se volvió para enfrentarlo.

–Ya está. Ahora dilo.

Derick se acercó y su playera azul claro rozó la camiseta blanca de ella. Le rodeó la cintura con las manos y ella a su vez entrelazó los dedos detrás de la nuca de él.

–Mi deseo es besarte en la cima del Empire State –dijo Derick, y antes de que Siobhan pudiera responder, estaban labio con labio. El beso fue gentil y sereno, una caricia lenta que resultó electrizante por su dulzura. Quería más. Siempre quería más de él. Sintió cómo se retiraba (demasiado pronto, le pareció), y su cuerpo ansió el de él con una intensidad que no había experimentado con nadie más.

−¿Por qué siempre que te beso estamos en un lugar público?

−No sé, pero tenemos que cambiar esa costumbre −respondió ella, y le avergonzó lo jadeante que sonaba.

−¿Cuál fue tu deseo?

Siobhan vaciló por un instante. No quería confesárselo, no sabía si porque le avergonzaba su codicia o porque no quería atraer la mala suerte.

−Si te digo, no se hará realidad −dijo con una sonrisa que esperaba lo convenciera de que estaba bromeando.

−Yo te conté el mío y se cumplió de todas formas.

−Prefiero no arriesgarme −replicó ella. Se miraron a los ojos por un momento más y al fin Derick asintió, la tomó de la mano y la guio a la salida.

−Dime, ¿tienes algo en contra de los carritos de comida?

−¿Los carritos...? Eh, no. ¿Por qué?

−Porque ningún recorrido por Nueva York estaría completo sin comer algo de uno. Y conozco el mejor.

Almorzaron mientras avanzaban entre los edificios. Siobhan estaba tan embelesada disfrutando las vistas de Nueva York, que no se dio cuenta de que habían llegado a la pista de patinaje de Rockefeller Center hasta que Derick le preguntó si sabía patinar. Ella no pudo evitar reír.

–No. Mi coordinación no me da para eso.

–Bueno, pues es una experiencia neoyorquina básica. Cuando la pista vuelva a abrir, vamos adentro.

–No hay manera –declaró ella. Se volvió a mirarlo y se dio cuenta de lo cerca que estaban. Casi tan cerca como en el Empire State. Derick la miró intensamente mientras le acomodaba un mechón de cabello detrás del hombro.

–Ya evité que te cayeras una vez. Confía en mí.

Al mirar sus ojos ambarinos, un escalofrío la recorrió, despertando toda su piel. Los ojos de él bajaron hasta su boca y ella no pudo resistir humedecerse los labios con la lengua.

–Está bien. Confío en ti.

La sonrisa de él brillaba cuando se inclinó a besarla. No fue un beso largo, sólo una probadita rápida. Después los dos se dedicaron a mirar la pista de patinaje sin intercambiar ni una sola palabra. Era un silencio perfecto, lleno de satisfacción.

Capítulo 9

DESPUÉS DE ROCKEFELLER, simplemente pasearon por Nueva York, deteniéndose para mirar cualquier cosa que les llamara la atención. Siobhan disfrutó mucho haciendo suya la ciudad y, a las siete, Derick llamó al chofer para que los llevara a cenar.

—¿Vamos a comer aquí? —preguntó ella cuando la camioneta se detuvo frente al hotel Le Parker Meridien.

—Sip —replicó él mientras emergía del asiento trasero. Estiró el brazo para ayudarla a bajar—. ¿Ya has venido aquí?

—No.

Caminaron hacia la entrada tomados de la mano, pero al llegar al vestíbulo Siobhan frenó en seco.

—No podemos comer aquí —dijo. La perspectiva de cenar en aquel hotel tan elegante hizo que el pánico se apoderara de ella. Jamás habría estado en esa situación si Derick fuera un tipo normal y no un asiduo del Stone Room. Había querido contratar un bote privado para su recorrido, ¿y ahora pretendía que cenaran ahí? Quedaba claro que tenía dinero. Mucho.

—¿Ah, no? —preguntó Derick con el ceño fruncido. Los ojos de Siobhan recorrieron el suelo de mármol, subieron por las columnas blancas y aterrizaron en el techo decorado con frescos.

—No. Parecemos un par de vagabundos.

Derick se limitó a sonreír mientras la arrastraba más allá de la recepción del hotel y a lo largo de un pasillo.

—Estoy hablando en serio, Derick —farfulló ella, y trató de liberarse, sin éxito. Aunque estaba permitiendo que la guiara a través del hotel, no estaba nada feliz al respecto. Avanzaba rígida cual robot detrás suyo, lo cual no evitó que siguieran marchando. Él se detuvo y señaló el restaurante que tenían enfrente.

—Bienvenida al Burger Joint.

Siobhan miró a su alrededor y respiró profundo para intentar calmarse, pero entonces se dio cuenta de que el lugar no era elegante en absoluto. De hecho, era justamente lo que su nombre sugería: un sitio de hamburguesas muy básico. Caminaron hasta una de las cabinas con sillones de cuero color café y se sentaron uno frente al otro.

—Ya sé, no tiene muy buena pinta —dijo Derick—, pero las hamburguesas son fenomenales. Pensé que sería mejor algo casual ya que habíamos caminado todo el día.

Siobhan miró la fila para ordenar y permitió que la sensación de alivio la inundara. Sus hombros se relajaron.

—Me encanta este lugar. Y se me antojaba una hamburguesa.

—¡Qué bueno! Lo único que hay aquí son hamburguesas y papas, así que estaba nervioso.

–Es perfecto –dijo ella. Él sonrió y se puso de pie.

–Voy a pedir mientras tú apartas nuestra mesa. ¿Quieres algo especial en tu hamburguesa?

–Me gusta todo. Pide dos de lo que sea que a ti se te antoje –respondió ella, y él fue a hacer el pedido. Volvió muy pronto con una jarra de cerveza, sirvió un vaso para uno y se permitió relajarse en el asiento. Se miraron por unos instantes.

–No puedo creer que un lugar así esté aquí adentro –dijo Siobhan, rompiendo el silencio.

–Me di cuenta por cómo te resistías en el lobby.

–Sí... creí que me estabas llevando a un restaurante cinco estrellas. No hubiera habido manera de que me sentara en un lugar elegante con esta camiseta y mis zapatos deportivos.

Derick le dio un trago a su cerveza.

–Ya iremos a un lugar bonito la próxima vez. Esto combinaba mejor con el plan del día.

–Definitivamente –concordó Siobhan.

Al poco tiempo llamaron el número de su orden y Derick se levantó a recogerla. Cuando volvió con la bandeja, la conversación tuvo que esperar mientras los dos atacaban las enormes hamburguesas con renovado apetito. Siobhan fue la primera en rendirse.

–No puedo más –declaró, dejando la mitad de su porción sobre la bandeja. Derick rio. Se miraron mientras Siobhan jugueteaba con su servilleta. Aunque el día había sido perfecto, había algo que necesitaba decir.

–Pues bueno, me la pasé increíble hoy y te agradezco mucho por todo lo que planeaste para mí. Pero soy una chica bastante sencilla; no necesito que salgamos en citas extravagantes.

Derick parecía confundido.

—Pero acabas de decir que la pasaste increíble.

—Sí, pero puedo divertirme sin gastar mucho. Todo esto debió ser muy caro... el recorrido de la ciudad, el chofer particular. ¡Intentaste alquilar una lancha privada!

—No es la gran cosa —dijo él encogiéndose de hombros—. Me gustas y tengo el dinero.

Siobhan se había estado preguntando cuándo saldría el tema. Si Derick frecuentaba el Stone Room, tenía dinero, eso era seguro. Lo que ella no sabía era cuánto. Le dio un par de tragos a su cerveza e intentó relajarse antes de preguntar:

—¿A qué te dedicas exactamente?

Derick juntó las manos sobre la mesa.

—Soy consultor para desarrolladores de aplicaciones digitales.

—Guau.

Siobhan estaba interesada. Sonaba como un trabajo bastante especial y tal vez él no tenía tanto dinero como se había imaginado. ¿Cuánto podía ganar un consultor?

—¿Cómo llegaste a eso?

—Una noche, en mis años de universidad, estaba en un bar tomando unos tragos con unos cuates cuando se nos ocurrió una app. Ya habíamos tomado un par de cervezas y por eso la idea nos pareció todavía mejor. Uno de mis amigos estaba estudiando programación, así que él la construyó, los demás ayudamos a su lanzamiento y le fue bien. La acabamos vendiendo hace unos años pero conservamos algunas acciones que siguen pagando dividendos.

Siobhan se inclinó hacia delante, animándolo a continuar, pero él no dijo nada más. Entonces le preguntó directamente:

—¿Qué es lo que hace la aplicación?

—Hoy ya me suena estúpido. Se llama Bar Tab. Sirve para que la gente califique un bar o un antro de acuerdo a diferentes categorías, como el precio de las bebidas, proporción de hombres y mujeres, tipo de música, nivel de… "guapura" de los clientes… Ese tipo de cosas. Es bastante superficial pero a la gente le gustaba usarla. Luego a los bares se les ocurrió que podían usarla para hacer promociones y publicidad y entonces la cosa despegó de verdad. Al final una red social se topó con ella y se ofreció a comprarnos los derechos. Como ya estábamos hartos de manejarla, corregir cada error, promoverla y además, la vendimos. Ahora me dedico a dar consultoría a otros desarrolladores, lo cual me gusta mucho porque sé bastante del asunto, y yo pongo mis horarios.

Siobhan miró hacia la mesa.

—Suele haber un montón de dinero en esas cosas, ¿no? ¿Apps?

—Algo. Éramos tres, así que lo dividimos. Todos teníamos préstamos estudiantiles que pagar, pero al final a mí me quedó lo suficiente como para vivir cómodamente.

Siobhan asintió. La revelación la abrumó pero intentó no

parecer demasiado afectada y después, cuando el chofer los llevó a través de Times Square, las luces y el movimiento la distrajeron y los rastros de incomodidad entre ellos se evaporaron. Derick contempló cómo las luces salpicaban sus hermosas facciones de color, haciendo brillar los pequeños aretes de diamantes que usaba tan a menudo.

Aunque ella dijo que no era necesario, él insistió en acompañarla hasta su casa. Cuando estuvieron ante la entrada del departamento, Derick la empujó con su cuerpo hasta tenerla contra la puerta, sin dejar de observar atentamente en busca de alguna señal que le indicara que debía parar. Ninguna. Todo en ella le indicaba continuar. La sujetó de la nuca para atraerla y besarla con furia, y Siobhan supo que él la necesitaba tanto como ella a él.

Sus grandes manos viajaron por todo su cuerpo, de la nuca a los hombros y hasta sus pechos, antes de apartar la tela de la camiseta para poder estrujar la suave carne de sus caderas. Los dedos de Siobhan se mostraron igualmente ansiosos, levantando la camisa de él para sentir el contacto de su pecho desnudo en las palmas de las manos.

Una vocecilla en su cabeza le decía que debían parar, que estaban a la mitad del pasillo, pero su cuerpo no le obedeció y la voz calló cuando la ansiosa lengua de Derick se enredó con la suya y sintió la dureza de su miembro frotándose contra su vientre.

Siobhan jadeó. Quería tenerlo, quería que la consumiera por completo. El beso de él se volvió más profundo. Sus manos encontraron el botón de los pantalones cortos de ella y lo asieron. Siobhan se incorporó ligeramente e intentó recuperar el aliento. Metió la llave en la cerradura y abrió la puerta.

–¿Vienes? –preguntó.

"Ahora mismo".

Una vez dentro del departamento y con la puerta cerrada tras ellos, se lanzaron uno sobre el otro. Derick presionó su cuerpo contra el de ella, obligándola a apoyarse contra la puerta, y volvió a levantar su camiseta blanca, pero esta vez no se detuvo hasta que ésta voló por los aires. Mordisqueó ansiosamente el blanco cuello, trazó un camino hasta su clavícula con la lengua, y Siobhan comenzó a perder el control. Sus manos bajaron hasta el pantalón de él y se apresuró a desabrocharle el cinturón y abrir el botón. Bajó la cremallera y él le ayudó a deslizar los pantalones por sus muslos hasta que la gravedad terminó de hacer el trabajo.

Derick apretó sus pechos sobre el sostén antes de dirigirse al sur, quitarle los pantalones cortos y meter la mano entre su húmeda piel y el suave tejido de su ropa interior. Encontró su clítoris y lo masajeó suave pero urgentemente mientras la delicada mano de ella se cerraba alrededor de su pulsante erección, llegando hasta la tersa piel de la punta para bajar hasta la base, una y otra vez. Esperaba que sus movimientos fueran lo suficientemente rápidos como para volverlo loco pero lo suficientemente lentos como para atrasar su placer hasta el último instante.

Mientras tanto, ella resoplaba y suspiraba, sabiendo que

esos dedos estaban cerca de hacerla estallar. Él siguió frotándola con el pulgar y con su mano libre le bajó la ropa interior antes de introducir el dedo índice en su interior. La combinación de sensaciones la puso frenética. Su mano apretó el miembro de Derick con fuerza y comenzó a moverse más rápido a medida que se acercaba a su propio clímax.

Al fin gimió largamente, su cuerpo temblando de placer. La tensión final hizo que su mano se cerrara más, lo cual provocó que él se derramara sobre el abdomen desnudo de Siobhan, que no pudo evitar sentir una satisfacción primitiva al mirar hacia abajo y verse salpicada de su placer. Quería que la mojara de nuevo.

Él se inclinó para besarla con delicadeza mientras los latidos de ambos volvían a la normalidad. Besó sus labios, la línea de su mandíbula y llegó hasta su oreja.

–¿Puedo quedarme? –le preguntó en un susurro.

Capítulo 10

–¿¡Y ENTONCES!? –PREGUNTÓ CORY. Siobhan se encogió de hombros.

–Entonces nada.

–Déjame ver si entiendo: dejaste que un tipo buenísimo te masturbara contra la puerta de tu casa pero no lo dejaste quedarse a dormir?

–No –admitió Siobhan, y dejó escapar un agotado suspiro. Puso los codos sobre la lustrosa barra y apoyó la barbilla en sus manos. Sabía lo extraño que sonaba, sobre todo después de lo lejos que habían llegado, pero seguía sintiendo que no dejarlo pasar la noche había sido la decisión correcta.

–Entonces... ¿no quieres tener sexo con Derick Miller? –preguntó Blaine mientras terminaba de ponerse brillo en los labios. Siobhan notó su expresión de asombro en el espejo detrás del bar.

–Claro que quiero tener sexo con él. ¿Lo has visto? –respondió, e incapaz de quedarse sentada, saltó de la silla alta y se puso a caminar para liberar algo de su energía nerviosa–. Ya sé que parecía lo más normal, pero sentí que íbamos demasiado rápido. No quiero parecer una de esas mujeres que se acuestan con cualquier tipo sólo porque es rico.

–¿Por qué no? A Tiffany le funcionó –dijo Cory, señalando a la pelirroja de baja estatura que, metros más allá, tomaba notas en uno de los iPads del restaurante. Las demás chicas rieron pero Siobhan no sabía si Cory estaba bromeando.

–¿A qué te refieres?

–¿De verdad? –preguntó– ¿Creías que esas... cosas eran de verdad? La pobre parece Anita la Huerfanita sobrehormonada.

Siobhan sabía que los senos de Tiffany eran falsos, pero nunca se le había ocurrido que los había obtenido gracias a su trabajo. Se quedó con la boca abierta.

–¿Se acostó con un cliente y él se las compró?

Marnel negó con la cabeza.

–Nop. Se acostó con un cliente y él se las puso. Era un cirujano plástico famoso. De Los Ángeles.

Siobhan bajó la voz y gesticuló en dirección a Tiffany.

–¿Ven? A eso es a lo que me refiero, exactamente. No estoy usando a Derick de esa forma y no quiero que nadie crea que lo estoy haciendo. Su dinero me incomoda. Para ser honesta, preferiría que no lo tuviera: sólo hace todo más complicado.

Cory parecía confundida.

–¿Cómo es que el dinero complica las cosas? Un poco más haría mi vida bastante más sencilla –declaró, y guardó silencio un instante, esperando que alguien apoyara su moción–. ¿Y si la situación fuera al revés? Tu sueño es vender tus cuadros y vivir de tu arte, ¿no? Si eso se hace realidad, estoy segura de que no te gustaría que un tipo te estuviera juzgando porque tienes dinero.

—No lo estoy juzgando. Y además, eso es diferente.

—¿Ah, sí? ¿Por qué?

—Porque... —y Siobhan perdió el hilo. Blaine terminó de colocar los posavasos sobre la barra y la miró.

—No estamos en primero de primaria, así que "porque..." no es una buena explicación. Elabora.

Siobhan permaneció en silencio, perdida en sus pensamientos. No sabía explicar por qué era distinto, pero sabía que lo era. Mientras jugueteaba con su pulsera de plata, intentó ponerle palabras a sus sentimientos.

—Porque he pintado toda mi vida. Me mudé sin que nadie me ayudara y trabajo como loca para poder estar aquí —argumentó, sabiendo que estaba poniéndose defensiva sin razón—. Derick creó una app cuando estaba en la universidad y la vendió por quién sabe cuánto. Lo hizo sonar tan fácil... Y no se lo envidio. Me alegro de que tenga tanto éxito, pero si yo algún día logro mantenerme haciendo lo que más amo, será porque sacrifiqué mucho tiempo y energía para lograrlo. No me habrá llegado gratis.

Las chicas la miraron en silencio, pero parecían comprender. Marnel fue la primera en hablar.

—Entonces qué... ¿vas a dejar de verlo porque tiene dinero?

—No —suspiró Siobhan—. Voy a darle una oportunidad. Creo que es muy dulce y divertido, y parece un dios barbado

—dijo, y una sonrisa juguetona se apoderó de su boca—, pero quiero ir lento. Eso es todo.

—¿Quieres ir lento? —insistió Cory—, ¿con el dios barbado que te estuvo manoseando en el museo y te metió el dedo en el pasillo de tu edificio?

Siobhan se encogió de hombros.

—Sí. Va a estar bien.

Capítulo 11

DERICK SE PASÓ UNA mano por la frente para enjugarse el sudor. La temperatura era de 32 grados y la humedad aumentaba la sensación térmica por dos o tres grados más. Agradeció la sombra que los imponentes árboles brindaban. Siobhan y él habían caminado más de dos kilómetros hasta el parque canino de la ciudad y recogido a cuatro perritos en el trayecto.

Estaba exhausto y no porque estuviera fuera de forma: se ejercitaba cinco veces a la semana. Pero esto era totalmente distinto. Habían pasado los últimos diez minutos intentando acorralar a los dos cachorros de beagle para volver a ponerles las correas mientras el poodle blanco y el... como sea que se llamara el escandaloso de pelo largo, esperaban amarrados a un poste cercano.

–Quédate donde estás –le indicó a Siobhan, que se había detenido junto a un árbol–. La voy a perseguir y cuando pase por ahí, la atrapas.

Siobhan asintió y Derick arrancó, forzando a la cachorra a correr en dirección al árbol. Siobhan la atrapó justo a tiempo.

–Te tengo –y le dio a la cachorra un beso en la cabecita blanca y café.

Al parecer, el hermano de la perrita recién capturada había perdido interés en correr sin que nadie le persiguiera, pues unos minutos después volvió por su propia voluntad, listo para que le pusieran la correa.

—No puedo creer que hagas todo esto sola tres veces a la semana —dijo Derick, bebiendo de su botella de agua a grandes tragos. Después, se vertió lo que quedaba en la nuca. Siobhan se encogió de hombros.

—Pasear perros en Nueva York es buen negocio. Sólo los llevo al parque de vez en cuando. Esta es la primera vez que le quito las correas a los cachorros, no tenía idea de que se pondrían así de locos

Derick se rio.

—Nunca creí que algo con patas de 15 centímetros correría más rápido que yo.

Tras darle de beber a los perros, detuvo la reja para que Siobhan y los beagles salieran del parque. Él desamarró a los otros dos y emprendieron el camino de regreso. Derick se alegró de que su trabajo estuviera a punto de terminar para que pudieran tener algo de tiempo para ellos. Al menos, eso esperaba.

Desde que habían comenzado a salir, apenas unas semanas atrás, le había parecido que no se veían lo suficiente. Siobhan siempre estaba corriendo a prepararse para ir al Stone Room a trabajar, o apurándose para ir a cuidar al hijo de alguna vecina. Derick se sentía culpable al verla siempre tan ocupada, sobre todo tomando en cuenta lo no—ocupado que estaba él.

—¿Tomamos un helado después de dejar a los perros? —propuso. Se quitó la camiseta y se secó el sudor de la cara y el cuello con ella para después colgársela de un hombro, mientras seguían caminando bajo el abrasante sol. Notó que los ojos azules de Siobhan se desviaban a su pecho y recorrían su abdomen de manera fugaz.

—Seguro —replicó ella, volviendo a mirar al frente— un helado suena bien. Sólo que tengo que estar de vuelta a las dos, más o menos. Tengo una clase particular.

—¿Con alguna de mis novias de la clase de pintura? —preguntó Derick con una sonrisa. Siobhan rio y tensó las correas de los perros.

—No, es uno de mis alumnos de inglés. Éste va a entrar a la preparatoria en agosto. Vive en el mismo edificio que yo.

Derick asintió.

—Su familia es de Mali, se acaban de mudar —continuó Siobhan—. Su lengua materna es el francés, así que sus padres quieren que intente mejorar su inglés durante el verano. No pueden pagar mucho, pero todo ayuda. Y él parece estar avanzando, así que lo disfruto.

Anduvieron en silencio un poco más, mientras Derick ponía en orden sus pensamientos. Ya que ella debía trabajar esa noche en el Stone Room, él había esperado que al menos pasaran el día juntos.

—¿Pasa algo? —preguntó Siobhan, percibiendo su decepción. Derick se encogió de hombros.

—Nada. No pasa nada. Sólo que me gusta mucho estar contigo y siempre estás corriendo de un lugar a otro. Casi nunca estamos solos.

Siobhan aminoró el paso y se volvió a mirarlo.

—A mí también me gusta estar contigo, pero es trabajo. No tengo mucha alternativa.

Claro, la gente trabajaba; Derick podía entenderlo. Pero no había ninguna razón para que Siobhan tuviera que hacer todos esos trabajitos, que debían pagar una miseria, en vez de pasar tiempo con él. Estaba sacrificando toda su vida por el trabajo, y era algo que a él realmente le molestaba, especialmente si podía ayudar.

Su madre se había partido el lomo trabajando para mantenerlo a él y a su hermano mayor, y había muerto antes de que Derick hiciera su fortuna, por lo que no tuvo la oportunidad de darle la vida que ella se había esforzado tanto en darle a él. No quería que otra persona que le importaba hiciera lo mismo.

—Claro que tienes alternativa. Dile al niño que ya no das clases —dijo Derick en tono casual. Demasiado casual. Se dio cuenta al escucharse y Siobhan, que había frenado abruptamente, se había dado cuenta también, y ahora lo miraba, estupefacta.

—¿Y qué le digo a mi casero, eh? ¿Que estoy saliendo con Derick Miller, así que la renta tendrá que esperar?

—¿Cuánto te faltaría? —preguntó él. Las pupilas de ella se encendieron.

—¡¿Qué?!

–Si dejas de dar clases particulares. ¿Cuánto necesitarías para completar...?

Siobhan cerró los ojos y agitó la cabeza lentamente. Todo su cuerpo se endureció.

–Más vale que no estés diciendo lo que... –comenzó, y antes de que pudiera terminar, Derick intervino:

–No puede ser tanto si con unas cuantas clases... –dijo, pero al notar la irritación de ella intentó corregirse–: No iba a pagar toda la renta, sólo lo que...

–¡No necesito tu dinero! –exclamó Siobhan, y lo miró de arriba abajo. Pero esta vez sus ojos no expresaban admiración, como habían hecho unas cuadras atrás, después de que él se quitara la camiseta. Ahora estaban llenos de indignación–. Y definitivamente no necesito esto –agregó, y aceleró el paso, dejándolo atrás.

–Ya sé que no necesitas mi dinero, yo sólo...

–¿Tú solo qué? ¿Querías hacerme sentir incómoda? ¿Como si no pudiera hacerme cargo de mí misma? Pues felicidades. Misión cumplida –y siguió avanzando con los cachorros corriendo detrás.

Derick corrió para alcanzarla. Se sentía miserable.

–No. No quería hacer nada de eso. Quería hacerte la vida más fácil, eso es todo. Para que no tuvieras que trabajar tan duro.

Siobhan volvió a detenerse y giró sobre sus talones. Su indignación se había convertido en furia.

–¿Y qué te hace pensar que no quiero trabajar duro?

Derick guardó silencio.

—Ya sé que en tu mundo las cosas son distintas, pero en el mío, el trabajo duro es la única forma de lograr algo. Así que tal vez no quiero que sea fácil, ¿te había pasado por la cabeza?

Marchó hasta él y le arrebató las correas que había estado llevando.

—Y por si te lo preguntabas, no estás haciendo que *esto* —y señaló al espacio entre ellos con su mano libre— sea nada fácil.

Y se alejó a paso rápido. Derick supo que, esta vez, era mejor no ir tras ella.

Capítulo 12

SIOBHAN TERMINÓ DE CONTAR sus propinas y guardó el dinero en su bolsa. Nada mal para un domingo en la noche. Se colgó el enorme bolso del hombro y se dirigió al bar para despedirse de las chicas. No les había contado de su pelea con Derick. No creía que fuera necesario: él no había ido al Stone Room desde su último encuentro y ella no había estado en el ánimo más jovial.

Derick le había dejado dos mensajes pidiéndole que lo llamara. Siobhan creyó que estaría calmada para entonces, al menos lo suficiente como para llamarlo de vuelta, pero su enojo siguió creciendo. ¿Cómo se atrevía a ofrecerle dinero e insinuar que no era capaz de ganarlo por su cuenta? El gesto había sido insultante.

Se quitó los tacones, los intercambió por unas sandalias planas que llevaba en la bolsa y abrió la pesada puerta de cristal. Respiró hondo, inhalando lo bochornoso del ambiente mientras la puerta se cerraba detrás de ella suavemente. Apenas se había reacomodado el bolso en el cuello para emprender el camino a casa, cuando lo escuchó a sus espaldas.

—No me has contestado las llamadas —dijo, explicando su presencia ahí—. ¿Puedo hablar contigo un minuto?

Siobhan resopló, irritada, pero no contestó.

—Quisiera que intentaras escuchar lo que quiero decirte. Por favor.

Se volvió para enfrentarlo, lo cual causó que sus masculinas facciones se suavizaran. Derick suspiró.

No debí ofrecerme a pagar parte de tu renta. Sé lo duro que trabajas, y sé que es causa de orgullo. No era mi intención arrebatarte eso.

—Pues qué bueno, porque mi orgullo no es algo que puedas arrebatarme.

Derick se frotó la frente y miró el suelo antes de atreverse a buscar los ojos azules de ella. Parecía arrepentido.

—Mira... tengo mucho dinero.

Siobhan volteó los ojos hacia arriba.

—Y sí, no fue muy difícil conseguirlo, o al menos no fue lo que yo considero trabajo duro. Cuando comenzábamos con la app, le dediqué muchas horas, pero la verdad es que la mayor parte del dinero llegó cuando vendimos la compañía, y ésa fue la parte más fácil —dijo, y se encogió de hombros—. Tuve suerte. Fue la idea correcta en el momento correcto, vendida a la compañía correcta por la cantidad correcta de dinero.

Ella le lanzó una mirada asesina.

—Pues qué bien te salió todo, ¿no?

—Eso no es lo que quise decir —se quejó, y pareció desinflarse ligeramente—. Aunque sigo trabajando con desarrolladores de aplicaciones, pongo mis propios horarios. Además, me encanta hacerlo, así que no se siente como trabajo. Por eso no me pareció la gran cosa ofrecerte algo de dinero para poder verte más y para que tú pudieras relajarte.

—Pero sí es la gran cosa. Yo no gané ese dinero —replicó. Su voz sonaba calmada aunque no se sentía así en absoluto—. No importa cómo lo ganaste, pero lo ganaste y es tuyo.

—Tienes razón, es mío. Así que debería poder hacer lo que quiera con él. Mira, no sé si sepas esto; es más, estoy seguro de que no lo sabes, pero incluyendo las acciones y todo lo demás, tengo más de mil millones de dólares —anunció, y lo hizo con mucha convicción, como si de alguna manera la información debiera reconfortarla—. ¿Qué voy a hacer con todo eso? Ya sé que mi dinero te incomoda y, para ser honesto, a veces me incomoda un poco también. Por eso intenté minimizarlo en la cena. No quería que se metiera entre los dos.

—Pues no te salió muy bien que digamos —bufó Siobhan, y se dio la vuelta para marcharse pero Derick atrapó su brazo.

—Siobhan, tengo más dinero del que puedo gastar y el equivalente en tiempo en mis manos. Y es tiempo que quiero pasar contigo. ¿Por qué no me dejas ayudarte?

Todo su cuerpo se endureció. Soltó su brazo de la mano de él y se acercó para mirarlo a los ojos.

—Porque no necesito tu ayuda. Y más allá: no la quiero.

Mientras se alejaba de él por segunda vez en menos de una semana, suprimió la urgencia de mirar por última vez al hombre que no esperaba volver a ver jamás.

Capítulo 13

TRAS INHALAR UNA BOCANADA del denso aire de verano, Derick se recargó en la fachada de estuco del edificio de Brooklyn. Después de una media hora, alguien abrió la puerta principal, permitiendo que Derick entrara detrás. Subió los dos pisos de escaleras hasta el departamento de Siobhan y tocó la puerta sin titubear, aunque no se sentía muy seguro de sí mismo.

Sabía que ella no quería verlo y no tenía muy claro qué iba a decirle, si lo dejaba hablar. Su mente consideró todas las posibilidades: quizá lo insultaría, le cerraría la puerta en la cara o se asomaría por la mirilla para luego fingir que no estaba ahí, aunque la música que venía de dentro indicara lo contrario. O quizá...

Santo Dios. Derick se quedó sin aliento. Quizás abriría la puerta viéndose más ardiente que nunca en una camiseta verde claro, llena de salpicaduras de pintura y con el cabello recogido como aquel día en el parque. Miró a Derick con cautela y lanzó un soplido para apartarse un mechón de cabello del rostro.

—Tú no te rindes, ¿verdad? —preguntó. Su tono era de irritación, pero su lenguaje corporal no correspondía. Tomó el control remoto de una mesilla cercana y bajó el volumen de la música que ahora reconocía como Adele. Alzó una ceja, cuestionándolo. Sus largas piernas parecían extenderse aún más en esos pantalones cortos de mezclilla mientras esperaba, recargada en el marco de la puerta. Derick de pronto recordó que debía hablar.

—Fui un imbécil —soltó—, y entiendo que no quieras volver a verme. Aunque espero que me des otra oportunidad. Pero si no, de todas formas creo que mereces una disculpa apropiada —dijo, y le pareció que sonaba como un verdadero estúpido.

La verdad era que deseaba que Siobhan se dejara ayudar; haría las cosas más fáciles para ambos. Pero aunque discrepaba con su postura, estaba dispuesto a dejar el tema de lado si eso significaba que seguirían viéndose. Siobhan inclinó la cabeza a un lado y la recargó en la moldura desteñida.

—Te escucho.

Su voz parecía haberse suavizado un poco y Derick lo agradeció. Inhaló y pensó en qué decir.

—Siento mucho haberte ofrecido dinero y siento mucho no haberte escuchado. Como ya te has dado cuenta, a veces puedo ser un poco ignorante. Pero mi intención era ayudar, nunca lastimar. Nunca haría eso. Fui un idiota y espero que puedas perdonarme —dijo.

La había observado en busca de una señal que le indicara que aceptaba su disculpa: un brillo en los ojos, la sombra de una sonrisa, algo. Hasta ahora, no le había dado nada. Pero al menos estaba dejándolo hablar.

—Te tengo una propuesta —continuó. Siobhan jugueteó con el pincel que había estado sosteniendo.

—¿Una propuesta? —repitió. Y entonces él la vio: una pequeña mueca divertida, curiosa. Le estaba dando entrada. Derick metió las manos a los bolsillos, un poco más relajado.

—Sí. Estaba pensando que podíamos empezar de nuevo, desde el principio. Ya sabes, porque soy un idiota que echó a perder algo que iba tan bien —dijo, y le pareció notar el principio de una sonrisa en los labios de Siobhan.

—¿Y por qué querría empezar de nuevo con un idiota?

Derick se encogió de hombros, él mismo incapaz de evitar una sonrisa.

—¿Porque estoy guapo? —sugirió, repitiendo lo que le había dicho la primera vez que la invitó a salir. La risa de ella le confirmó que también recordaba.

—Entonces, ¿vamos a empezar de nuevo? —preguntó ella—, ¿así nada más?

—Ajá —respondió él, como si se tratara de algo muy simple. Y esperaba que así lo fuera. Ella volvió a entrecerrar los ojos. Parecía querer descifrarlo. Exhaló largamente y dejó caer los brazos a los lados.

—Creo que tenemos que aclarar un par de cosas —dijo. Derick hizo lo posible por no moverse nerviosamente y mirarla con atención—. A pesar de la fascinación general con Julia Roberts, no estoy buscando un Richard Gere que llegue en su limusina, escale hasta mi balcón y me rescate de mi vida. Yo soy mi propia salvadora, Derick. Quiero un compañero, no alguien que me mantenga. ¿Puedes manejar eso?

Derick no vaciló. Le habría prometido cualquier cosa.

—Sí.

Ella lo analizó por un instante.

—De acuerdo —dijo al fin, su postura abriéndose al tiempo que le extendía la mano—. Soy Siobhan.

Derick le ofreció una sonrisa llena de alivio.

—Siobhan. Qué bonito nombre. Soy Derick.

Permanecieron así, tomados de las manos, como si ese contacto transmitiera todo lo que no estaban diciéndose mientras se miraban a los ojos.

Eventualmente Siobhan se soltó y señaló el interior de su departamento.

—¿Quieres pasar, Derick?

Quería decir que sí, pero sabía que no era la mejor idea. Había logrado bastante y no quería arruinar las cosas de nuevo.

—¿Sabes? No deberías invitar extraños a tu departamento.

Ella se mordió el labio inferior.

—Probablemente tengas razón.

—Además, parece que estás trabajando —agregó Derick, señalando el lienzo más allá—, así que será mejor que te deje continuar con lo tuyo.

Siobhan asintió y dijo:

—Lo aprecio.

—Pero llámame cuando tengas tiempo —se apresuró a decir Derick—. Me encantaría invitarte a tomar un café.

Ella negó con la cabeza y rio suavemente.

—Prefiero el té.

Derick asintió.

—Bueno saberlo —dijo antes de dar la vuelta para marcharse. Dio algunos pasos antes de voltear a mirarla una vez más. Seguía recargada en el marco de la puerta, mirándolo con esa sensualidad que tanto había extrañado. Por un momento consideró aceptar su invitación, pero en su lugar, dijo—: Un gusto conocerte, Siobhan. Que tengas un buen día.

Ella sonrió ampliamente y golpeteó el mango del pincel contra sus dedos.

—Tú también, Derick.

Capítulo 14

–¿ADONDE YO QUIERA? –preguntó Siobhan mientras se acomodaban en el asiento trasero de la Escalade.

Derick asintió. Había planeado la cita, pero luego reconsideró. Juntos habían paseado por toda la ciudad, pero nunca se había molestado en preguntar adónde quería ir *ella*.

–¿Estás seguro? –insistió Siobhan, arrastrando las sílabas y con un destello de picardía en la mirada. Quizá debió llevarla al famoso Russian Tea Room, después de todo.

–Me estás poniendo nervioso. Dímelo y ya.

–Quiero ir a la feria de Coney Island. He oído mucho de ese lugar y nunca he ido.

Derick sonrió, aliviado.

–Coney Island... ¡Allá vamos!

Al llegar, Derick la ayudó a bajar del coche al tiempo que se cubría los ojos de la brillante luz del sol.

–Hay algo que quiero enseñarte –le dijo, mientras avanzaban por la alameda. Estaba molesto consigo mismo: ¿cómo no se le había ocurrido llevarla ahí antes? La guio hasta su destino y disfrutó al mirar cómo sus ojos se abrían mucho, llenos de asombro.

—¿Qué es esto? —preguntó.

—Son las Coney Art Walls, un museo al aire libre —explicó él—, los curadores eligen artistas callejeros talentosos y los dejan pintar aquí. Impresionante, ¿no?

—Sí, son increíbles —respondió Siobhan, y se acercó a inspeccionar la pintura frente a ellos: una colorida sirena. Derick no pudo evitar sentirse bastante satisfecho consigo mismo. Anduvieron un rato tomados de la mano, contemplando la variedad de arte a su alrededor.

—¿Lo que tú haces se parece a esto? —preguntó él.

—Algunas cosas —musitó ella. No parecía inclinada a seguir hablando, absorta como estaba en el trabajo frente a ella, así que él no insistió.

Caminaron hasta haber visto cada pared dos veces, y Derick tenía que admitir que antes de conocer a Siobhan, nunca habría mirado con tanta atención una pieza de arte. Pero al escucharla hablar de la delicadeza de las líneas del paisaje urbano de Manhattan, Derick podía sentir su pasión como si se la estuviera transfiriendo físicamente. El amor de ella por el arte era absoluto y contagioso, y él no había estado cerca de una pasión así en mucho tiempo. Quería embotellar la experiencia y guardarla para siempre. Sin embargo, tendría que conformarse con un recuerdo de otro tipo.

—Ven acá —le dijo, y rodeando su cintura con el brazo, la atrajo hacia él. Detrás de ellos había una pintura en blanco y negro de un saxofonista solitario en el metro. Derick sacó su celular y lo sostuvo frente a ellos.

–¿Una selfie? –preguntó Siobhan con un ligero tono de burla en la voz. Él le dio un cariñoso pellizco en el costado, haciéndola reír.

–La fotografía también es arte. No te burles de mí.

–Jamás –dijo ella, y lo rodeó con los brazos, riendo.

Esa hermosa risa lo obligó a mirarla en el instante en que tomaba la fotografía, y no apartó los ojos hasta que ella, sintiendo su intensidad, se volvió a mirarlo de vuelta. Se inclinó y la besó con gentileza. No se trataba de un intercambio apasionado como tantos otros entre ellos, pero no por ello resultaba menos significativo. Se separaron lentamente, ambos con una sonrisa en la cara.

–Déjame ver la foto –pidió Siobhan en voz baja.

Derick levantó el teléfono y los dos echaron un vistazo. Siobhan volvió a reírse.

–¡Ni siquiera estás viendo a la cámara! –exclamó.

–Supongo que encontré algo mejor para ver –respondió él, encogiéndose de hombros. Ella negó con la cabeza, sin dejar de sonreír.

–Eres todo un seductor, ¿no?

–Sip –admitió, y tomándola de la mano, se dirigieron a la salida. Ella soltó una risita y volvieron a la banqueta con las manos entrelazadas columpiándose suavemente entre ellos.

Entraron a algunas tiendas y se perdieron en el bullicio de los turistas. Pasaron junto a una joven pareja con una niña de unos tres años de edad, y Siobhan comentó que el mono de peluche que llevaba era lindo. Derick le hizo una mueca y se alejó para preguntarle al padre de la niña dónde lo habían ganado. El padre señaló un juego de pistolas de agua alrededor del cual pululaba una multitud.

–Gracias –dijo Derick, y tras asir el brazo de Siobhan, la arrastró camino al juego.

–¡No dije que quisiera uno! –reclamó, riendo detrás suyo.

–Peor para ti, porque ahora quiero ganarlo –replicó él, y sacó su cartera para tenderle al encargado un par de billetes. Siobhan le masajeó los hombros cual entrenador de boxeo.

–Dales con todo, campeón –susurró en su oído, y Derick pensó en lo absurdo que resultaba que se sintiera tan nervioso por un juego para niños, pero no le importó: si Siobhan quería un mono, le conseguiría un mono aunque tuviera que pasar la próxima hora disparando esa estúpida pistola de agua. Esperaba que no tomara tanto tiempo, o su ego lo resentiría.

La campana sonó y las pistolas comenzaron a escupir agua. Derick apuntó con cuidado a la boca del payaso que le tocaba y le dedicó una plegaria silenciosa a quien quiera que fuera el santo patrón de los juegos de feria. Treinta segundos después, la luz sobre su payaso comenzó a destellar y antes de darse cuenta, se había levantado y agitado su puño en victoria. Miró a su alrededor, a sus atónitos contrincantes (todos menores de 12 años), y bajó el puño lentamente. El encargado del juego tampoco parecía muy impresionado.

–¿Cuál va a querer? –preguntó, gesticulando a la pared llena de muñecos de peluche. Derick se frotó la nuca antes de señalar:

–El mono.

El tipo se lo tendió y él procedió a presentárselo a Siobhan, que le sonrió como si acabara de terminar con la pobreza mundial. Continuaron con su recorrido por la alameda, sus hombros rozándose a cada paso.

–Eso estuvo bastante sexy –le dijo ella, apoyándose en su brazo. Derick titubeó y se volvió a mirarla.

–¿Qué cosa? ¿Aniquilar a un montón de niños por un mono de peluche?

–No –rio Siobhan–, lo mucho que querías ganarlo para mí. Eso fue sexy.

Como no tenía nada que agregar, Derick le dio un casto beso en la mejilla y siguió caminando. Cuando el sol inició su descenso y la playa se despejó, decidieron comer un par de hot dogs rápidamente para bajar a contemplar la transformación del cielo sobre el agua al atardecer.

Se quedaron de pie, la espalda de ella recargada en el pecho de él y los fuertes brazos rodeándole el estómago, hasta que las estrellas comenzaron a parpadear sobre sus cabezas.

–¿Sabes qué otra cosa nunca he hecho? –preguntó Siobhan.

–Dime.

–Nadar en el océano.

Derick la hizo girar para preguntarle:

–¿Nunca?

Siobhan negó con la cabeza lentamente. Sus ojos eran seductores, su sonrisa sugerente.

–Deberíamos corregir eso –propuso él.

–Definitivamente –concordó ella, y sin previo aviso se soltó de sus brazos y se echó a correr–. ¡El último en llegar tiene que caminar de vuelta al coche sin una de sus prendas!

Y comenzó la carrera. Los dos se despojaron de prendas hasta quedar en ropa interior y se lanzaron al agua. Derick buceó bajo las olas mientras Siobhan intentó caminar a través de ellas. Él fue el primero en llegar a una zona más apacible y esperó a Siobhan.

–Gané –declaró.

–Claro que no. Mi pie tocó el agua primero –dijo ella.

–¡Pero yo llegué hasta aquí antes! –reclamó Derick.

–¡Dije el primero en llegar, no el primero en llegar *aquí*!

Derick guardó silencio un instante, considerando sus argumentos.

–Me siento engañado –dijo, con falso resentimiento. Sólo podía distinguir la silueta de Siobhan, perfecta a la luz de la luna. Llegó hasta él y le rodeó el cuello con los brazos y la cintura con las piernas.

–Te lo voy a compensar –le aseguró ella, rozándole los labios con la lengua.

Se restregó contra él y Derick estuvo rígido en cuestión de segundos. Las grandes manos asieron el trasero de Siobhan y la atrajeron con firmeza. Un jadeo escapó de entre los labios de ella al sentir la erección presionando contra su clítoris a través de la ropa interior. Sus besos se tornaron salvajes mientras se frotaban uno contra el otro.

–Dios, Derick –gimió Siobhan mientras la boca de Derick le aprisionaba el cuello.

–Diablos, me voy a venir –musitó él. No había sentido tanto placer con algo tan simple desde hacía años, quizá desde la preparatoria. Y sin embargo, en ese momento no habría podido pensar en algo más sensual. Los gemidos de placer de Siobhan llevaban el ritmo de las olas: era la banda sonora más hermosa que Derick hubiera escuchado nunca.

Se deslizaron juntos unas veces más antes de que ella comenzara a temblar entre sus brazos. Él siguió atrayéndola contra su cuerpo, prolongando su placer al mantener una presión constante en el diminuto conjunto de nervios de su vientre. El agua que corría entre sus piernas, la fricción contra la ropa interior de Siobhan y sus ahogados gemidos de éxtasis lo empujaron al límite. Se derramó abundantemente, su cuerpo entero convulsionándose en el clímax.

Permanecieron abrazados unos minutos antes de separarse ligeramente.

–No puedo creer lo que acabamos de hacer –dijo Siobhan.

–Ni yo. Pero me alegro mucho de haberlo hecho.

Los dos rieron y regresaron nadando de vuelta a la playa. Esperaron un rato antes de vestirse, dejando que el cálido viento nocturno los secara un poco. Cuando al fin tomaron su ropa del suelo, Siobhan lo llamó.

–Oye, oye...

Derick acababa de ponerse la camiseta cuando volteó a verla.

–¿Diga usted? –preguntó.

–Nada de camiseta hasta el coche – le ordenó ella con una sonrisa.

Capítulo 15

SIOBHAN APOYÓ SU CUCHARILLA en el plato de postre frente a ella.

—Lo que queda es tuyo —dijo, señalando el suflé de chocolate que habían estado compartiendo.

—¿De verdad? ¿Ya no quieres más? —preguntó Derick, pero no esperó a que Siobhan respondiera antes de engullir los últimos bocados. El mesero volvió para limpiar la mesa y le dijo algo a Derick en francés. Cuando él respondió, ella lo miró, admirada: no tenía idea de que Derick hablara otros idiomas.

—¿Qué dijo? —le preguntó.

—Dijo que eres hermosa.

—¿De verdad? —preguntó Siobhan, incrédula. Derick rio y se estiró sobre la mesa para tomarle la mano.

—No. Preguntó si podía traernos la cuenta. Los hombres no suelen comentarle a otros hombres sobre la guapura de sus novias.

—Ya —replicó ella, riendo suavemente.

—Aunque es totalmente cierto, claro. Eres hermosa.

Los ojos de Derick parecían aún más cálidos en la penumbra del elegante restaurante francés y Siobhan se sintió perder en ellos.

—Así que... —comenzó Derick—, tengo algo en la cabeza pero no estoy seguro de cómo te sentirás al respecto.

—Dime.

—Quiero ver tu arte —dijo, y aunque parecía ávido, Siobhan notó una cierta vacilación en su voz. Se quedó callada por unos instantes. Sus pinturas eran algo muy personal y compartirlas la hacía sentir extremadamente insegura. Pero una parte de ella se entusiasmó al pensar en mostrarle a Derick algo tan íntimo, y terminó aceptando.

En el camino de vuelta a su departamento, Siobhan era un manojo de nervios. Derick no sólo tendría acceso al pequeño refugio que era su hogar: vería sus pinturas. Sintió que le esperaba un juicio doble y se llenó de ansiedad

Entraron y ella encendió algunas luces. Derick se quedó de pie junto a la puerta, desde donde era posible apreciar el departamento en su totalidad: la diminuta cocina abierta, la cama, la mesa destartalada, el pequeño clóset desbordante... Todo en aquel lugar hablaba de las dificultades económicas por las que pasaba su habitante.

La única característica que redimía al espacio de techo parchado y decrépitas paredes de ladrillo, era el enorme ventanal con vistas a la bulliciosa metrópolis allá afuera. Para la mayoría de la gente podía parecer una ventana mal colocada y nada más, pero para un artista representaba una forma de enmarcar arte que estaba en constante movimiento.

Para evitar que Derick analizara su departamento, lo llevó a la pared del fondo, donde había instalado unas repisas para almacenar sus pinturas.

—Las guardo aquí para que no les dé el sol —explicó. Derick pasó unos minutos analizando las piezas.

—Repisas... ¡qué buena idea! —comentó.

—No tengo mucho espacio y no quería que estuvieran regadas por ahí. Como has podido atestiguar, soy *algo* torpe —dijo, pero aunque intentaba bromear, su voz sonaba pequeña e insegura. Tosió esperando deshacerse del sentimiento de incomodidad que la inundaba.

—Son espectaculares —expresó Derick. Su cumplido relajó los hombros de Siobhan y le calentó el pecho.

—Gracias.

—Quisiera saber más de arte —comentó, sin apartar la mirada de las pinturas—, ni siquiera sé de qué estilo son éstos.

—Expresionismo.

Al fin dejó de mirar las piezas para sonreírle, ligeramente apenado.

—No tengo idea de lo que significa eso.

—El objetivo del expresionismo es mostrar el plano emocional, no el físico. Moverse más allá de lo que percibimos con los ojos para ahondar más en lo que sentimos. Tiende a distorsionar la realidad para afectar el ánimo y las ideas del espectador.

—Pues sea lo que sea, yo me siento conmovido —declaró, y Siobhan sonrió en silencio—. ¿Por qué elegiste este estilo? —preguntó, volviendo su atención a los cuadros.

–Vi *El grito* de Munch cuando tenía catorce años y lo supe. La ansiedad y alienación que te transmite en esa pintura son... perfectas. Recuerdo que al contemplarla me imaginé a mí misma parada en ese puente, gritándole al mundo que me mirara y me dejara en paz al mismo tiempo –dijo Siobhan apasionadamente, y después agitó la cabeza para ahuyentar las emociones que aquella pintura le evocaba. Se volvió a sonreírle a Derick–. Ahí empezó todo.

Él no sonrió de vuelta; más bien la contempló como ella había contemplado *El grito*: con una mezcla de admiración y entendimiento. El ambiente se tornó mágico y un hechizo pareció apoderarse de los dos cuando él le acarició la mejilla y la atrajo. Y cuando sus labios se encontraron, el hechizo estalló en un frenesí hedonista en el que las manos buscaban aferrar, las lenguas enredarse y los cuerpos volverse uno.

Siobhan no supo cómo ni cuándo llegaron hasta el colchón, pero de pronto estaba tendida y Derick reptaba sobre ella, besando y acariciándolo todo en su camino. La miró a los ojos antes de hundir los labios en su boca, apoyando su peso en un antebrazo mientras con su mano libre levantaba centímetro a centímetro el vestidito de algodón rojo. Sus dedos le rozaron el plano vientre y su piel se erizó ante el contacto y la promesa de a dónde viajarían esos dedos a continuación. Derick se desvió un instante para acariciarle los pechos sobre el sostén antes de volver a su abdomen.

El cuerpo de Siobhan se arqueó, buscando el contacto, y sus labios abandonaron los de él con un gemido. Derick entonces aprovechó para besarle la barbilla, mordisquear el lóbulo de su oreja y succionar la piel de su cuello. Cuando sus dedos alcanzaron la tanga de encaje rojo, ella se maldijo en silencio por haber retrasado este momento.

Él le frotó el clítoris con la presión perfecta, dejándola siempre con ganas de más. Después se retiró un instante y antes de que ella pudiera reclamar, la penetró con los dedos y ella comenzó a hacer sonidos que no sabía que era capaz de producir.

—Derick, te necesito —siseó. Él se acercó a su oreja y le mordió el lóbulo con los labios.

—Dime qué necesitas —susurró con voz rasposa.

—A ti. Dentro de mí. Ahora.

Él se incorporó y de un brinco estaba de pie junto a la cama. Encontró su cartera y sacó un condón. Luego se arrancó los pantalones y los bóxers antes de enfundarse en el látex y volver a acomodarse sobre ella. Le acarició la mejilla con el dorso de la mano.

—Eres tan hermosa... —y tras contemplar su rostro anhelante, se apoderó de su boca con un beso dulce y profundo.

Siobhan sintió su erección abriéndose camino entre sus piernas, y lo necesitaba ahí como nunca antes había necesitado a nadie. Él se posicionó, con las manos apoyadas a ambos lados de su cabeza, y finalmente se hundió en el calor de ese cuerpo que se abría para él. Su unión fue carnal e intensa. Ella quería que la tomara sin reparos, que llegara hasta el fondo, que eliminara cualquier distancia entre ellos. Sus muslos rozaban contra las caderas de él con cada embestida, haciendo que su carne pareciera estar a punto de estallar en llamas.

–Quiero verte mientras acabas. Quiero ver cómo pierdes el control y saber que es por mí, que todo tu placer es por mí –le dijo él, mirándola fijamente. Sus palabras eran la cosa más sensual que ella hubiera oído. Esa voz, combinada con la fricción de su pelvis, la animaban deliciosamente a acercarse a la línea final.

Su goce seguía remontando, y cada mínimo contacto amenazaba con hacerla derramar por todas partes. Los gruñidos de placer de Derick llenaban el cuarto y, tras unas cuantas arremetidas, ella se dejó ir, gritando mientras su cuerpo entero se agitaba con su clímax. Él siguió empujándose a su interior y después de unos cuantos segundos, sus movimientos se volvieron temblorosos y se vació, llenando el condón con su desahogo.

Se quedaron tendidos por un rato, hasta que el ritmo de sus respiraciones volvió a la normalidad. Eventualmente Derick se levantó para desechar el preservativo y, sin él a su lado, Siobhan se sintió inexplicablemente sola. Miró su departamento y sus inseguridades comenzaron a acecharla de nuevo. Se cubrió con las mantas y miró al techo, intentando calmarse.

Derick volvió del baño y se inclinó sobre ella.

–¿Esta vez sí me puedo quedar?

Capítulo 16

LA MAÑANA SIGUIENTE SIOBHAN amaneció arrellanada contra el fuerte cuerpo de Derick. Con los ojos todavía cerrados, dejó que su mano se deslizara por el abdomen marcado y los músculos pectorales. "¿Cómo es que consideré siquiera no dejar que pasara la noche?", se preguntó. Después abrió los párpados y las razones se le vinieron encima. Mientras se ajustaba a la luz que entraba por entre las persianas maltrechas, intentó centrar su atención en el hombre que dormía en su cama, ese hombre que tenía más de un billón de dólares, y no en su miserable departamento.

—¿Por qué paraste? —musitó Derick.

Siobhan pegó un respingo.

—¿Qué?

—Dejaste de acariciarme —dijo Derick, con los ojos todavía cerrados. Buscó la mano de ella a tientas y la obligó a recorrer su torso con ella—. Me gustó. Sigue.

—Eras menos exigente cuando estabas dormido. Me gustabas más —bromeó ella, y reactivó sus caricias. Él rodó de lado para mirarla.

—A mí me gustas todo el tiempo.

—Adulador —le dijo, resistiéndose a sonreír. Él le besó los labios cerrados y volvió a recostarse sobre la almohada, estudiándola en silencio. ¿Por cuánto tiempo más iba a mirarla así de fijamente? Estaba a punto de preguntárselo cuando él habló.

—Si te pregunto algo, ¿me dirías la verdad?

—¿Tengo pinta de mentirosa?

—No, pero tal vez no quieras contestar y de verdad quiero saber.

—A ver, pregunta —dijo ella, y se apoyó en un codo para mirarlo de frente.

—¿De verdad querías que me quedara a dormir ayer o aceptaste sólo para no rechazarme otra vez?

No esperaba una pregunta tan directa y se sintió descolocada.

—¿De qué hablas?

—Pues... a veces eres difícil de leer. No estaba seguro de que si querías que me quedara o sólo me habías dejado hacerlo porque te lo pedí. Eso sin mencionar el detalle de que te dormiste dándome la espalda —agregó Derick. No había dejado de sonreír, pero su mirada era franca e intensa y a Siobhan le quedó claro que su respuesta era importante. Le acarició el cabello corto y soltó un suspiro.

—¿Dónde quedó el tipo que conocí hace unas semanas y que no se daba cuenta de nada? —le preguntó.

—Está poniendo más atención —repuso él con una sonrisa. Siobhan se dejó caer a su lado y miró el techo.

—No sé. Creo que es porque... Es raro, ¿sabes? Eres un billonario y hete aquí, desnudo en mi asqueroso departamento.

Derick se sentó como impulsado por un resorte y se colocó frente a ella.

—¿Estás hablando en serio? —preguntó. No sonaba enojado, pero sí preocupado. Ella bajó la mirada.

—Ya sé que es una tontería. Tú nunca me has hecho sentir menos, ni nada por el estilo, y yo me he esforzado mucho en olvidar que no estamos al mismo nivel, pero que estés *aquí* —y señaló alrededor del cuarto con la mano—, en mi espacio... Fue demasiado.

Siobhan intentó mantener la mirada en el colchón, pero él tomó su barbilla y no la dejó escapar.

—En primer lugar, no estamos en diferentes niveles de *nada*. Eres impresionante: hermosa, brillante, talentosa y... Dios, Siobhan, eres deslumbrante. Todo en ti me vuelve loco. Yo sólo soy un pobre idiota que tuvo la suerte de estar en el lugar correcto en el momento correcto para evitar que azotaras contra el suelo.

Ella rio, agradeciendo que él bromeara un poco y le quitara seriedad al ambiente.

—En segundo lugar —continuó él—, no siempre tuve dinero. Durante mi infancia, la situación no fue nada fácil. Lo pasamos bastante mal. Nunca quiero que pienses que no tenemos cosas en común —concluyó, y se inclinó para besarla. Ella agradeció las palabras, aunque no había manera de que fueran ciertas.

Capítulo 17

SIOBHAN SE ENJUAGÓ LOS restos de acondicionador hasta que sus largos mechones prácticamente rechinaron de limpios entre sus dedos. Había esperado que el agua la rejuveneciera, pero había tenido el efecto contrario. Además, era su segunda ducha del día. No había podido evitarla tras la tarde que había pasado: un cachorro de labrador había decidido retozar alegremente en un charco y ella había tenido que bañarlo antes de correr de vuelta a su departamento y alistarse para ver a Derick.

El plan era salir en menos de media hora para ir a un concierto, y aunque la idea de ver a esa banda había sido suya, la perspectiva de dormirse tarde tras una noche de escuchar música a todo volumen en un bar repleto de gente, ya no sonaba tan atractiva.

Aunque se negaba a confesárselo a Derick, se sentía totalmente drenada. Hacía lo mejor posible por equilibrar sus horas en el Stone Room con su pintura, las citas con él y todos los demás trabajitos que tenía que hacer para mantenerse, pero resultaba cada vez más difícil.

Cuando recién llegó a Nueva York, su vida social era prácticamente inexistente. Como no tenía amigos con quienes salir ni novio con quien quedarse en casa, el tiempo le alcanzaba para todo. Ahora que Derick estaba en su vida (y quería que se quedara ahí), le parecía que él luchaba por pasar juntos cada minuto que ella tenía libre, y eso la dejaba sin un segundo para respirar.

Como no tenía tiempo para secarse el cabello, lo roció con un spray que acentuaría sus ondas naturales. Se aplicó algo de maquillaje ligero y se puso un vestido cómodo. Su teléfono sonaba y sonaba y tuvo que vaciar su bolsa en el suelo para encontrarlo.

–¡Hola! ¿Todo bien? No me digas que ya llegaste porque todavía no es hora.

–No, no, tranquila –respondió él–. Estoy en camino y hablaba para saber si necesitabas algo.

"Una siesta", pensó Siobhan.

–Nada, gracias. Estoy bien –respondió, intentando suprimir un bostezo–. O lo estaré cuando encuentre mi otra sandalia.

–¿Estás segura de que todo está...?

–Sólo... estoy cansada. Pero me entrará un segundo aire. Y tal vez hasta un tercero, si tienes suerte –dijo, intentando sonar ligera, pero cualquiera habría notado su desgana.

–No tenemos que ir si no tienes ganas. Podemos hacer alguna otra cosa.

Siobhan iba a protestar, pero como ella había sido la de la

idea en primer lugar, no le pareció que a Derick le importaría cancelar.

–¿Tenías algo en mente? –le preguntó. Derick guardó silencio del otro lado de la línea y después exclamó, lleno de entusiasmo:

–Relájate un rato. Yo voy a ir al súper por algunas cosas y nos prepararé algo de cenar en mi casa, ¿te parece? Un coche te recogerá en una hora y media.

Nunca había estado en el departamento de Derick y la perspectiva de una cena tranquila sonaba demasiado tentadora como para rechazarla.

–Está bien. Suena perfecto. No sabía que cocinaras –dijo.

–¿Estás bromeando? ¡Me encanta cocinar!

Capítulo 18

CUANDO EL ASCENSOR EXCLUSIVO del penthouse se
abrió directamente en el vestíbulo de Derick, él estaba de pie
frente a él, esperándola. Las puertas se abrieron para revelar a
una Siobhan que, aun vestida de modo casual, no podía ocultar su belleza natural. Derick no pudo evitar la sonrisa que le
estiraba los labios. Ni el ligero cosquilleo en el bajo vientre.

—Gracias por esto —dijo ella, saludándolo con un beso—.
Estoy muy agotada. Una cena relajada y tranquila es justo lo
que...

Luego enmudeció. Se soltó de su abrazo y dio un par de
pasos al interior del departamento. Él echó un vistazo a su alrededor, intentando verlo todo a través de los ojos de ella. Y se
sintió ligeramente avergonzado. Miró el vestíbulo de mármol,
la enorme sala con suelo de madera oscura y los muebles blancos de diseñador. Más allá estaba el balcón, donde él había dispuesto una cena a la luz de las velas. Las velas eran relajantes,
¿no?

Siobhan avanzó e inspeccionó el espacio: su gigantesco
centro de entretenimiento, los ventanales de piso a techo con

vistas a Manhattan y la escalera de caracol que llevaba al segundo piso. Parecía abrumada.

–Guau, Derick... Esto es... Esto... es muy bonito.

Y parecía que lo pensaba, de verdad. Pero su tono parecía implicar que aunque fuera "muy bonito", no estaba muy segura de que eso fuera algo bueno.

Derick no quería que la noche se tornara incómoda, así que se acercó a ella y la abrazó.

–Te extrañé –dijo, y la sintió sonreír sobre su hombro.

–Me viste hace dos días.

–Siempre que no estás conmigo te extraño –declaró, y la manera en que ella le devolvió el abrazo y se fundió contra su pecho, lo tranquilizó: la noche iba mejorando.

–Disculpe, *monsieur* Miller. ¿Le gustaría que sirviéramos el primer plato?

Derick sintió cómo Siobhan se endurecía entre sus brazos.

–Sí, Philippe. Está perfecto.

Philippe asintió y se dirigió a la cocina. Siobhan retrocedió y miró sobre su hombro.

–¿Quién es ése? –preguntó en un murmullo.

–Philippe.

Ella rodó los ojos hacia arriba.

–Ya, eso sí que lo capté. Pero qué, ¿es tu chef personal o algo así?

–No, ¿cómo crees? –respondió él, sonriendo. Los hombros de ella se relajaron–. Es el chef de Per Se.

Siobhan retrocedió con los ojos muy abiertos.

—Contrataste al chef de uno de los bistrós más caros de Manhattan. Hasta yo he oído hablar de ese lugar.

Derick no estaba seguro de cómo contestar, así que optó por la verdad.

—Pues sí, supongo —dijo, encogiéndose de hombros. Siobhan lo miró con curiosidad. Él le tomó la mano y la arrastró hasta el balcón para tenderle una copa de champán—. Tuve una emergencia culinaria, así que llamé a Arnaud, el dueño de Per Se, y le pregunté si podía contratar a uno de sus chefs para la noche. Hemos hecho negocios juntos y somos amigos. No es la gran cosa.

Ella dejó la copa sobre la mesa y contempló el espectacular paisaje urbano antes de aterrizar en los ojos de Derick. Su ansiedad era casi palpable.

—Perdóname, pero de pronto no me siento muy bien. Creo que voy a irme a casa —y llegó hasta la silla donde había dejado su bolsa. Se la colgó del hombro y caminó al interior de la sala—. Hablamos mañana.

Derick fue tras ella hasta el elevador.

—Deberías quedarte aquí a dormir si no te sientes bien —le dijo.

—No, gracias. Me duele mucho la cabeza. No sería la mejor compañía —replicó ella, mientras presionaba el botón del ascensor con cierta desesperación. Las puertas se abrieron y entonces se volvió a mirarlo.

—Siobhan... —comenzó Derick, con un atisbo de enojo y confusión en la voz. Pero ella no lo dejó continuar.

–Hasta mañana –dijo, entrando al ascensor. Las puertas comenzaron a cerrarse y Derick supo que la estaba perdiendo. Dio un paso adelante y empujó las puertas con las manos.

–¿Sabes? Uno de estos días te vas a ir corriendo y no voy a ir detrás de ti.

Capítulo 19

SIOBHAN ERA INCAPAZ de alzar la mirada.

—No puedo hacer esto, Derick.

—¿Y qué es "esto" exactamente?

Ella alzó la cabeza, y soltó una risita llena de sarcasmo.

—¡Esto! —exclamó mientras gesticulaba con los brazos—, ¡todo esto! Penthouses y choferes y chefs privados. Un novio millonario. No puedo con nada de esto. Es demasiado para mí.

Derick inclinó la cabeza a un lado mientras mantenía los fuertes brazos contra las puertas del ascensor.

—¿No puedes o no quieres?

Ella se encogió de hombros.

—Cualquiera. Las dos. ¿Qué importa? Nunca iba a funcionar. Mejor terminar de una vez.

Derick enderezó la columna y se cruzó de brazos. No era el momento de admirar sus hombros ni el resto de su delicioso cuerpo, pero Siobhan no lo pudo evitar. Maldita su perfección, malditos sus músculos.

—Dime por qué —exigió. Siobhan guardó silencio, sin saber qué decir—. ¿No merezco una explicación?

Titubeó por un momento y después asintió. Derick se apartó del elevador y ella lo siguió hasta la cocina.

–Muchísimas gracias por todo, Philippe –le dijo Derick al chef, que se veía comprensiblemente confundido. Aún no servía la cena y ya lo estaban despachando.

–¿Me permite al menos dejarle la cocina limpia? –preguntó.

–No te preocupes. Yo me encargo. Muchas gracias otra vez.

Siobhan deambuló por la sala en lo que Derick acompañaba a Philippe hasta el ascensor. Cuando volvió, se sentó en el sofá y la miró, expectante y con los ojos castaños llenos de dolor. Ella no sabía qué decir ni cómo empezar; era un hombre tan bueno... Merecía la verdad.

–Sé que te esforzaste mucho para que esta noche fuera especial, y lo aprecio. De verdad. Pero el chef privado, la cena formal... no quiero nada de eso. Ya lo he tenido y no lo quiero.

Derick se inclinó hacia delante, apoyando los codos sobre los muslos y con apariencia desorientada.

–¿Qué?

–Mira: no *tengo* que hacer todos esos trabajitos para poder pagar la renta. No tendría que esforzarme tanto para salir adelante. Si no quisiera.

–No entiendo.

–Vivo así porque así quiero vivir –declaró Siobhan.

–Pero ¿por qué? –insistió él. Esa era la pregunta del millón.

–Porque no puedo tener el dinero y el arte. Tuve que escoger.

Derick frunció el ceño.

—¿Qué quieres decir?

Siobhan suspiró y se resignó a tomar asiento en una silla frente a él.

—Mis padres tienen dinero. Bueno, mi padrastro tiene dinero, más bien. No es millonario pero le va bastante bien. Mi mamá y él manejan un rancho de ganado en Oklahoma. Son gente muy trabajadora para la que el arte es algo que puedes colgar en la pared o un pasatiempo, nada más. No lo ven como un trabajo de tiempo completo. Especialmente para su única hija.

—¿Se negaron a apoyarte si decidías convertirte en artista?

—Básicamente —respondió, con la mirada baja—. Me ayudaron con la universidad y estoy muy agradecida por eso, pero ya no quiero nada de ellos.

Derick se levantó y caminó hasta el balcón, con las manos en los bolsillos. Permaneció en silencio unos instantes y después giró sobre sus talones para mirarla.

Sigo sin entender qué tiene esto que ver conmigo —le dijo.

—Es que... me siento abrumada por todos lados. Me gustas, me gustas muchísimo, pero verte... estar contigo me recuerda lo que podría pasar. Mi mamá tiene dinero ahora pero yo no crecí así. Todo esto me incomoda —soltó, y después respiró hondo para poder continuar—. Mi mamá se casó con mi padrastro cuando yo tenía trece años. Mi papá murió en un accidente automovilístico cuando yo tenía cuatro, así que casi no lo recuerdo, pero mi mamá era lo máximo. Era maestra pero su objetivo era convertirse en académica. Iba a la universidad en las noches, estudiaba mucho y estaba a punto de terminar su maestría. Y entonces conoció a mi padrastro. Y se acabó.

−¿Qué se acabó?

−Todo. Se acabaron sus clases, se acabó su amor por la enseñanza, se acabaron sus ambiciones de ser académica. Cuando se comprometieron, ella dejó de enseñar, punto. Como si todos sus sueños y esperanzas se hubieran desvanecido para que pudiera combinar con la vida de él, porque *él* era el que tenía dinero así que *él* tomaba las decisiones.

Siobhan se detuvo para tomar aliento. Al contarle todo eso, se había deshecho de una parte de la tensión que la embargaba, pero la causa de ésta seguía ahí.

−Tu riqueza me intimida. Y si a eso le agregamos el miedo que me da repetir la vida de mi mamá, yo... Estoy asustada, Derick. Me asusta abandonar mis sueños porque se vuelva más fácil dejar de perseguirlos.

−¿En verdad crees que podrías hacer eso? ¿Abandonar tus sueños?

−No intencionalmente −suspiró Siobhan−, pero mi mamá no lo hizo intencionalmente tampoco. Nadie sabe adónde lo llevará la vida. Mírate a ti.

−Cierto. Pero renunciar a un sueño es una decisión, no algo que "sucede". Y no creo que sea una decisión que tú tomarías, ¿o sí?

−No lo sé −admitió Siobhan encogiéndose de hombros−. Mis años de universidad fueron un descanso del estilo de vida al que estaba acostumbrada, ¿sabes? En el que todo era fácil. Y lo disfruté. Pero no puedo vivir como una estudiante para siempre, matándome en un millón de trabajitos de aquí a que mi carrera verdadera despegue. Todos tenemos un punto de quiebre y mentiría si dijera que quiero vivir al día el resto de mi vida, persiguiendo un sueño que tal vez jamás alcanzaré.

—Lo alcanzarás —atajó Derick, y ella se preguntó si en verdad lo creía o si era simplemente un reflejo, algo que había que decirle a las personas para hacerlas sentir bien. Tragó saliva—. Ver todo esto —y giró la cabeza, refiriéndose al departamento a su alrededor— y hacer todas esas cosas extravagantes contigo, me recuerda que lo más seguro es que nunca logre hacerme de una vida así por mí misma.

Derick suspiró y caminó hasta donde Siobhan estaba sentada. Le apretó el hombro en señal de apoyo.

—No sé si lo sepas, pero la gran mayoría de las personas nunca llegan a vivir así —dijo—. Este no es el estándar con el que deberías compararte. No es real.

—Ciertamente —admitió Siobhan con una carcajada. Era la primera vez que reía desde el comienzo de la velada—. Tu baño es del tamaño de mi departamento.

—Eso es ridículo —protestó Derick al tiempo que le masajeaba la nuca cariñosamente. El contacto le provocó escalofríos—, ni siquiera has visto el baño. Seguro que no mide ni la mitad de tu departamento—. Los dos rieron y después él se puso serio—. Lo real es que has estado trabajando para lograr un objetivo específico la mayor parte de tu vida. Y que tienes el talento para lograrlo.

Siobhan giró en la silla para poder ver a Derick a los ojos.

–¿De verdad crees que eso es suficiente?

–Sí, lo creo –y le dio un beso en la frente–. Además, tienes un novio increíble que va a hacer hasta lo imposible por alegrarte cuando te sientas desanimada. Eso siempre ayuda.

Siobhan se levantó y pasó los dedos por el cuello de la camisa gris de Derick. Hasta ese momento no había podido apreciar lo especialmente delicioso que se veía. Inclinó la cabeza a un lado y adoptó una expresión falsamente compungida.

–Me siento muy desanimada –se quejó en tono infantil–, ¿cómo vas a alegrarme?

–Mmm... ¿quieres cenar? –propuso él con una sonrisa divertida. Ella se mordió el labio.

–Tal vez al rato –susurró ella–, muy, muy al rato.

Después cerró los ojos y le ofreció los labios.

Capítulo 20

EN RESPUESTA, LA BOCA de Derick se movió sin prisa, separando los labios de ella con su suave lengua. Eso era exactamente lo que necesitaba. Todas sus dudas y confusión parecieron desvanecerse en el instante en que lo besó. Quizá por eso lo hacía.

Su cuerpo respondió al instante, buscando pegarse a su torso mientras Derick, sin dejar de besarla, la empujaba suavemente hasta el sillón hasta tenerla recostada. Los tibios labios de él avanzaron por las líneas de su mandíbula y su cuello y sólo se detuvo para quitarle la blusa. Ninguno de los dos habló, y no era necesario. La conexión física y la manera en que los ojos de ambos se comunicaban mientras la ropa de ella caía prenda por prenda, decía mucho más que las palabras.

Ella permaneció acostada y contempló cómo él se desvestía, cómo se ponía el condón y cómo la miraba con ardor y paciencia desde arriba. Cuando se reclinó para besarla y Siobhan sintió su piel contra la suya, la urgencia de sentirlo en su interior se volvió dolorosa. Pero no era una urgencia puramente carnal, como en otras ocasiones. Sus encuentros previos habían estado llenos de pasión, habían sido ataques de hormonas enloquecidas empujándose a un inevitable final, y nada más.

Esta noche la sensación era distinta. Había algo más en esa acompasada unión de cuerpos, mientras él se deslizaba en su interior para que los dos se convirtieran en uno, mientras sus caderas se mecían con languidez a medida que la penetraba más y más profundo. Sus movimientos se mantuvieron en sincronía mientras se llenaban de tiernas caricias y se besaban lentamente.

Sus respiraciones se volvieron más pesadas y sus gemidos más audibles. Lo que había comenzado como una subida constante estaba convirtiéndose en otra cosa. No era torpe, apresurado ni impredecible, sólo un incremento en la velocidad de las embestidas de Derick y un retraerse, saliendo casi por completo antes de volver a penetrarla. Era cálido, fluido, reconfortante.

Siobhan sintió que se acercaba con cada sacudida de las caderas de él y lo atrajo con sus piernas, apretándolo con fuerza para obtener la fricción que anhelaba. Se deleitó mirando la tensión en sus músculos, el rostro transformado en anticipación del clímax que ambos perseguían.

Los sonidos que escapaban de la boca de Siobhan aumentaron de volumen y su ritmo se volvió errático. Derick gimió suavemente cuando las uñas de ella se clavaron en su espalda y sus dedos bajaron por la columna vertebral hasta su firme trasero. Ella estaba cerca, muy cerca.

Derick pegó los labios a su oreja y comenzó a hablarle en

susurros. Le dijo lo bien que se sentía estar dentro de ella, lo mucho que la estaba disfrutando. Y eso fue todo. El cosquilleo de su aliento sobre la sensible piel, combinado con los movimientos rítmicos de su largo miembro, la llevaron al límite. Su cuerpo se estremeció bajo el peso de Derick mientras él continuaba impulsándose para llegar a lo más profundo. Cuando el orgasmo de ella comenzaba a amainar, Derick encontró el suyo. Sus fuertes embestidas se convirtieron en suaves deslizamientos mientras se vaciaba.

Cuando estuvieron calmados él se incorporó para mirarla y recorrió las líneas de su mandíbula con el pulgar.

—Mañana quiero enseñarte algo.

Capítulo 21

LA MAÑANA SIGUIENTE DURMIERON hasta tarde y después un coche llegó a recogerlos. Derick mencionó que quería ir a una cafetería que quedaba algo lejos, pero fuera de eso no dio ninguna otra pista de hacia dónde se dirigían.

–Veo, veo –dijo él cuando estuvieron en el auto. Siobhan arqueó una ceja, mirándolo.

–¿Qué?

–Veo, veo –repitió él, invitándola a jugar. Ella sonrió, comprendiendo.

–¿Qué ves?

–Algo azul.

Siobhan miró a su alrededor.

–El abrigo del chofer –dijo.

–Tramposa.

Siobhan soltó una carcajada.

–¡Es imposible hacer trampa en "Veo, veo"! –reclamó.

–Por lo visto no –dijo él.

Siguieron jugueteando y riendo por unos minutos, hasta que el auto se detuvo fuera de la ciudad. Siobhan bajó y preguntó dónde estaban.

—Forest Hills —respondió Derick, aunque sabía que ella no había oído del lugar. Siobhan conocía Brooklyn porque vivía ahí, y cada vez estaba más familiarizada con Manhattan, pero su conocimiento de los otros tres distritos era virtualmente inexistente.

Derick contempló la calle arbolada del tranquilo barrio de Queens, tratando de recordar cómo se veía la última vez que lo había visitado, hacía siete u ocho años. Más allá de la poda de algunos árboles en un jardín del otro lado de la calle, el barrio no parecía haber cambiado mucho.

Derick le agradeció al conductor y, tras confirmar que a Siobhan le parecía bien volver en tren a la ciudad, lo despidió, diciéndole que no lo necesitarían más por el día. Cuando el auto se alejó, Derick rodeó a Siobhan con el brazo mientras ella miraba asombrada las casas a su alrededor. Él la comprendía perfectamente. Recordaba lo que era sentirse maravillado ante construcciones como aquellas: grandes, fabricadas con piedra y ladrillo, con tanto carácter y encanto que hasta los árboles y las flores parecían contar una historia. Eran hermosas.

Entrelazó sus dedos con los de Siobhan y llevó la delicada mano hasta sus labios para darle un beso fugaz.

—Quiero compartirte algunas cosas de mi infancia. Creo que así podrás entender mejor por qué soy como soy.

—Está bien —dijo ella, con curiosidad aunque un tanto vacilante.

—Comencemos con esta casa —y Derick señaló la mansión

de tres pisos estilo Tudor frente a ellos. El césped tupido estaba podado a la perfección y los grandes árboles del patio de entrada proyectaban su sombra sobre el estuco de tono claro.

–¿Ésta era tu casa? –preguntó Siobhan. Derick le dedicó una pequeña sonrisa sin separar siquiera los labios.

–No. Crecí en Queens, pero no en esta área.

Siobhan se acomodó el cabello detrás de las orejas, confundida.

–Entonces ¿de quién es esta casa? –preguntó. Derick respiró profundamente, inhalando el aroma de pasto recién cortado. Era lo único que no podía tener en Manhattan, sin importar cuánto dinero tuviera.

–No tengo idea –respondió. Siobhan entrecerró los ojos, inquisidora.

–Es la casa que mi mamá siempre quiso. Cuando mi hermano y yo éramos pequeños, nos traía aquí y nos decía que un día la compraría para nosotros. Le encantaban los techos inclinados y esas flores, que se dan todo el año. Decía que podríamos construir una casa del árbol en el jardín de atrás y que ella tendría una huerta con tomates y pimientos.

Siobhan escuchaba con atención, pero no dijo nada.

–Pero nunca sucedió –continuó él con melancolía, y pateó un conjunto de hierbas que crecía en una grieta del pavimento–, sabíamos que nunca pasaría. Mi hermano Cole y yo. Lo comprendimos al ser un poco mayores. Algunas de estas casas ya valían un millón de dólares, pero ella siempre decía que si trabajaba duro, eventualmente podría darnos el hogar y la vida que merecíamos.

—Qué lindo —dijo Siobhan—. Yo creo que los padres deben soñar con un mejor futuro para sus hijos, aunque no se haga realidad.

—Supongo que tienes razón —asintió Derick, y volvió a mirar la mansión—. Pasaba por aquí todos los días camino al trabajo. Enfrente de esta casa que nunca sería suya.

—¿Dónde trabajaba?

—Cocinaba y limpiaba para una familia en la siguiente cuadra. La esposa tenía una tienda a unos kilómetros de aquí y el esposo era un abogado corporativo en Manhattan. Tenían dos hijos más o menos de nuestras edades —explicó Derick, y agitó la cabeza, probablemente imaginando lo duro que debió haber sido para su madre ese trabajo—. Era como ver a diario una vida que jamás tendría.

Soltó la mano de Siobhan y metió las manos en los bolsillos de sus pantalones cortos a cuadros.

—¿Y tu papá? —preguntó Siobhan con voz titubeante, como si dudara de si debía preguntar. Pero él apreció que lo hiciera, aunque fuera incómodo.

—Mi papá nunca hizo nada por nosotros. Lo mejor que hizo fue largarse. No lo he visto desde que tenía tres años y no me interesa —declaró, frotándose la nuca con una mano—. Mi mamá hizo todo sola y jamás la escuché quejarse. Por eso juré que un día ganaría el dinero suficiente para comprarle esta casa y cuidarla como ella intentó cuidarnos a nosotros. Lo único que no me esperaba era perderla antes de que ese día llegara.

Derick volteó a mirar a Siobhan, cuyos ojos se habían humedecido.

—¿Cuándo la perdiste? —preguntó con la voz entrecortada. Aunque la pregunta era simple, no se sentía así.

—Después de graduarme de la universidad. Más o menos un año antes de que la app despegara. El asunto es que probablemente podría haber tocado a la puerta de esa mansión y hacerles una oferta imposible de rechazar, pero aunque mi madre hubiera estado viva, no habría podido vivir ahí de todas formas. Al menos no sola. Le diagnosticaron esclerosis cuando yo iba en segundo de preparatoria y pasó varios años enferma. Cuando llegó el momento, estaba viviendo con mi hermano y su esposa en el norte de la ciudad.

—Lo siento —dijo Siobhan.

—Gracias —y comenzaron a caminar por la calle—. Está bien. Ya estoy en paz.

—Y entonces, ¿dónde creciste? Dijiste que es por aquí, ¿cierto?

—En un lugar llamado Kew Gardens. Es una colonia cercana pero no podría estar más lejos de lo que estamos viendo ahora mismo.

—¿Me la vas a enseñar? —quiso saber ella. Él negó con la cabeza.

—No hay mucho que ver. Sólo un departamentito de dos cuartos en un viejo edificio de ladrillo. ¿Por qué no mejor vamos por algo de comer al lugar que te dije? Después podemos volver a la ciudad –propuso Derick, y señaló más adelante–. Está a unos diez minutos caminando.

–Bueno –accedió Siobhan, y comenzaron a andar juntos. Después de un rato en silencio, dijo–: Todavía estás a tiempo, ¿sabes? De ir, tocar la puerta, hacerles la oferta. Tal vez te haga sentir mejor tenerla.

Derick sonrió con cierta melancolía.

–Tener cosas no me hace sentir mejor. Nunca lo ha hecho –explicó Derick, y redujo la velocidad de sus pasos hasta frenar por completo y mirarla–. Eso es lo que he estado tratando de explicarte. Lo único que me hace sentir que hay un propósito para todo este dinero, es hacer cosas por la gente que me importa.

Siobhan guardó silencio, pensando en qué quería decir.

–Entiendo lo que dices. De verdad. Pero yo no puedo ser una manera de que hagas lo que te gustaría haber hecho por tu mamá.

–Entiendo eso –dijo Derick con un suspiro–. Entiendo que quieres salir adelante sin la ayuda de nadie, y te he dicho que lo respeto. Pero no puedo volver al pasado y *no* haber ganado mi dinero para que tú seas feliz. Te traje aquí porque quería enseñarte que sé lo que es vivir sin lujos.

Ella miraba al suelo, sin saber muy bien qué pensar.

–Yo no tengo nada que ver con tus sentimientos de inferioridad –continuó él–, sólo me los estás proyectando. Así que vas a tener que trabajar conmigo en esto –dijo, su tono sereno pero firme. Luego volvió la mirada hacia la casa–. Mi mamá decía que todos somos diamantes en bruto. Que tal vez no seamos brillantes y hermosos al principio, pero que con un poco de trabajo, podemos ser las cosas más deslumbrantes del mundo. Y las más resistentes.

Siobhan se mordió el labio inferior con los ojos llorosos. Derick la estrechó entre sus brazos.

–Así te veo yo, Siobhan. Como la cosa más brillante y hermosa. Pero tienes que creer en tu propio valor, y yo quiero ayudarte. Sólo dime qué tengo que hacer.

Siobhan soltó una exhalación temblorosa y miró al horizonte antes de buscar los ojos de miel de Derick.

–Creo que... –y se aclaró la garganta– creo que simplemente tendré que superarlo.

–¿Estás hablando en serio? –exclamó Derick, incapaz de resistir la sonrisa que se extendió por su rostro.

–Sí –dijo Siobhan, devolviéndole la sonrisa–. Es difícil, no voy a mentir. Estar en una relación en la que no me siento en igualdad de condiciones, al menos en un aspecto, no va a ser fácil para mí. Pero estar sin ti sería mucho más difícil. Así que trabajaré en aceptar que está bien que me ayudes a veces.

Derick la atrajo y la abrazó con fuerza, y tras plantarle un beso en el cuello, hundió la cara en su cabello.

–Perdóname por volverte loco –susurró ella. Derick rio.

–Está bien. Te amo de todas formas –dijo, y su pulso se aceleró de inmediato. Se preguntó si Siobhan se daría cuenta, pegada a su pecho como estaba. No había planeado decirle que la amaba, al menos no así. Pero eso no lo hacía menos cierto.

Siobhan no hablaba y Derick temió lo que diría cuando al fin lo hiciera. Así que en vez de esperar, se inclinó para besarla. Ella no retrocedió ni hizo ningún movimiento que le pudiera indicar que estaba incómoda con lo que le había dicho. Simplemente lo besó de vuelta, rindiéndose al momento en la tranquila calle suburbana. No necesitaba que le dijera que lo amaba de vuelta. No necesitaba que dijera nada. Esto era suficiente.

Capítulo 22

–¡DIOS MÍO! ERES DE LO PEOR –exclamó Cory, sus ojos café oscuro muy abiertos–. ¿Te dijo que te amaba y no le dijiste nada?

–En mi defensa, no tuve mucho tiempo para formular una respuesta antes de que su lengua estuviera en mi boca.

Marnel suspiró y apoyó la mejilla en la palma de su mano mientras se recargaba soñadoramente en la barra.

–Cuéntanos más de su lengua.

Siobhan rio antes de volver a la recepción, pero apenas había dado unos pasos cuando sintió que las chicas la seguían.

–¿Qué no tienen trabajo que hacer?

–Somos meseras y el bar abre dentro de media hora –respondió Cory con una mueca–. Además, estamos trabajando. Esforzándonos mucho para que no arruines tu relación. Otra vez.

–Ay, para. No decirle a Derick que lo amo inmediatamente después de que él me lo dijo no va a arruinar mi relación –dijo, pero la duda comenzó a rondarla–. No somos adolescentes. Y en cuanto al tema económico, ya estamos en el mismo canal. Yo acepto que él tiene dinero y el acepta que no puede dármelo –les anunció, orgullosa. Las chicas sabían de sus peleas anteriores con Derick y la apoyaban, si bien no estaban totalmente de acuerdo con ella–. Le diré cómo me siento pronto. Estoy esperando el momento correcto.

–¿Ah, sí? ¿Y cuándo será eso? –preguntó Cory.

Siobhan suspiró. "Ojalá lo supiera".

Capítulo 23

–SIETE MINUTOS.

Siobhan volvió la cabeza en dirección a la voz de Kayla. Ni se había dado cuenta de que su colega artista estaba junto a ella.

–¿De verdad? ¿Segura? –le preguntó Siobhan.

–Sí –replicó Kayla, sonriendo con calidez–. Creo que es el tiempo máximo que alguien ha invertido en contemplar alguna de nuestras piezas. ¿No sería increíble que alguno de nosotros vendiera algo?

–Genial –dijo Siobhan, mientras su estómago se retorcía dentro de su cuerpo. Su emoción crecía ante el prospecto de que alguien comprara alguna de sus pinturas. Parecía surreal–. Estoy segura de que Andrew ya vendió algo. Su sección ha estado llena desde la inauguración.

Las dos voltearon hacia allá: Siobhan le dio un trago a su champán y Kayla se quejó amargamente, aunque era evidente que no estaba realmente molesta. No había convivido mucho con ninguno de los dos artistas con los que compartía la inauguración: se habían conocido unos días antes, durante el montaje. Ambos parecían suficientemente agradables. Eso sí: Kayla estaba mucho menos preocupada por darse a conocer, que Siobhan.

—Sí, tiene gente —dijo Kayla, mirando hacia la sección de Andrew—, pero ha estado en esto un buen rato. Conoce a mucha gente en la ciudad. ¡Nueva York es tan difícil! Por eso tantos artistas se han estado mudando a Detroit. Las rentas son mucho más baratas y está lleno de galerías. La verdad es que últimamente yo también lo he considerado.

—¿Ah, sí? —preguntó Siobhan distraídamente. Abandonó el mostrador sobre el que había estado recargada y caminó de modo casual (o al menos es lo que quería aparentar) por su sección, alejándose del cincuentón de cabeza rapada que seguía admirando uno de sus cuadros. Bebió más champán para calmar sus nervios; Kayla la seguía de cerca mientras se dirigían a las pinturas de Andrew.

De pronto, sintió un par de manos sobre sus caderas.

—¿Me perdí algo? —preguntó Derick, dándole un beso en la mejilla desde atrás. Siobhan miró a su alrededor.

—Pues... los camarones envueltos en tocino y a mí teniendo un ataque de ansiedad. Razón por la que esto , y levantó su copa de champán— es muy necesario.

—Diablos —dijo Derick con una mueca—, no puedo creer que me perdí los camarones con tocino.

Se movió para estar frente a ella, tomó su mano entre las suyas y le dio un reconfortante apretón. Siobhan se alegraba de que estuviera ahí, pero también se alegraba de haberle pedido que llegara tarde. No lo necesitaba ahí, atestiguando su angustia todo el tiempo.

–Derick, te presento a Kayla. Es una de las otras artistas que exponen hoy.

Derick extendió el brazo y Kayla se mostró bastante complacida de estrechar su mano.

–Mucho gusto –dijo él–, y felicidades. Luego me enseñas cuáles pinturas son tuyas.

Kayla sonrió cortésmente y después se disculpó, diciendo que tenía que atender unos asuntos. Siobhan y Derick recorrieron el lugar, ella le presentó a Verónica, la dueña de la galería, y luego contemplaron la obra de los demás artistas. Él parecía genuinamente interesado, aunque Siobhan pensó que tenía más que ver con compartir su emoción que con una recién estrenada pasión por el arte.

Cuando llegaron frente a la obra de Siobhan, el hombre de la cabeza rapada ya no estaba ahí. Había algunas personas mirando y conversando, pero nadie parecía especialmente interesado. La multitud comenzaba a dispersarse. Derick le rodeó la cintura con un brazo y con la mano libre le tendió una nueva copa de champán de la bandeja del mesero, que daba sus últimas rondas. Luego tomó otra copa para sí mismo.

–Tengo un secreto –susurró mientras contemplaban una de sus pinturas. Ella lo miró de reojo con curiosidad–. Tus cuadros son mis favoritos –dijo en su oído, y su tibio aliento la estremeció.

–¿Lo dices en serio? –indagó ella, escéptica. Aunque, en el fondo, deseaba que fuera cierto.

–¿Crees que te diría que tus cuadros son los mejores sólo porque soy tu novio? –preguntó él, fingiendo asombro.

Siobhan se encogió de hombros y le dedicó una mueca.

–Quizá.

–Me ofendes. Mis preferencias artísticas se basan exclusivamente en mi buen gusto –dijo en tono afectado, después de lo cual señaló la sección de Andrew–. Y en el hecho de que, para mí, la mayoría de las pinturas de ese tipo parecen penes gigantes.

Siobhan estuvo a punto de escupir el champán que tenía en la boca.

–No sé si eso revela más de Andrew o de ti –dijo entre risas. Derick la acompañó con una carcajada.

–Buen punto.

Dieron una vuelta más por la galería semi vacía y Siobhan vio a la dueña de lejos.

–Ahora vuelvo, quiero agradecerle antes de irnos. ¿Me esperas afuera?

Derick asintió y se dirigió a la puerta. Mientras Siobhan caminaba hacia Verónica, sus nervios, que se habían apaciguado con la llegada de Derick, volvieron con redoblada intensidad. Pero logró que su voz sonara serena mientras le agradecía a la mujer por la oportunidad.

–Con mucho gusto. Ya estaré en contacto si hay ventas. No se ha concretado ninguna, pero hubo varios interesados.

Siobhan no pudo evitar la decepción que se cernió sobre ella como una nube. Siempre supo que las posibilidades de vender eran bajas, pero por alguna razón se había sentido esperanzada. Por supuesto, nada le quitaba el orgullo de saber que la gente apreciaba su trabajo, incluso si no querían tenerlo colgado en sus hogares.

Mientras caminaba hacia la salida, se dijo que todavía era posible que alguien comprara algo y que, si no, también estaba bien. Que su carrera artística tomaría tiempo y que era un proceso normal. Pero no logró sentirse mejor. Quería estar sola. Quería ponerse la pijama, escuchar música a todo volumen y ver la televisión hasta que su cerebro se apagara; quería olvidar que no había sido capaz de probarse a sí misma, ni a nadie más, que podía lograr la vida que soñaba.

Pero dejó atrás el edificio y sintió la frescura del viento nocturno en el rostro; miró al hombre que la esperaba y, en ese momento, lo único que necesitaba era a él.

Capítulo 24

CUANDO LAS PUERTAS DEL elevador se abrieron, Derick permaneció atrás mientras Siobhan entraba. Había estado especialmente callada en el camino de vuelta al departamento de Derick tras la exposición. Le había preguntado si estaba bien y ella le había asegurado que sí, pero sin mucha convicción. Ya la conocía lo suficiente como para detectar cuando algo la molestaba. Retiró la mano de la parte baja de la espalda de ella y se dirigió a la cocina.

—¿Quieres tomar algo?

—Un vaso de agua estaría bien —aceptó Siobhan. Lo siguió hasta la cocina, se sentó en el banco del desayunador y se dejó caer en la cubierta de granito oscuro. Parecía triste y no trataba de ocultarlo. Tras servir un vaso de agua fría, Derick caminó hasta ella y se lo tendió.

—¿Segura que estás bien? —preguntó de nuevo. Era obvio que no lo estaba y por eso a Derick no le importó ser insistente. Siobhan rodeó el vaso con las manos pero no lo levantó de la mesa.

—Sí... No pasó nada. Ni bueno ni malo —dijo ella, y Derick supo que la pequeña sonrisa que le rozó las labios era forzada—.

La dueña dijo que había habido algo de interés en mis pinturas pero que no se vendió nada durante la inauguración. No sé ni por qué estoy así. Es una tontería.

–¿Por qué es una tontería? –quiso saber él, y estiró el brazo para alcanzar sus dedos, que jugueteaban con las diminutas gotas de condensación que se formaban en el exterior del vaso. Siobhan se encogió de hombros y permitió que Derick le tomara la mano. Consideró la pregunta unos instantes.

–No sé. Porque nunca debí ilusionarme. ¿Quién querría comprar algo de una artista totalmente desconocida? Y ni siquiera esperaba que alguien comprara algo, al menos no hoy. Así que no tiene ningún sentido que me sienta tan decepcionada. Pero así me siento. Debería estar feliz de que la gente pudo ver mi trabajo, ¿no? Es el primer paso.

–Pues sí, pero no puedes evitar sentir lo que sientes –dijo él, girando el banco de ella para verla a los ojos. Besó su frente mientras le acariciaba la mano–. Pronto venderás algo.

Aunque él lo creía, se dio cuenta de lo genérico y poco convincente que sonaba. Pero no tenía nada más para ofrecerle.

–Ya lo sé –replicó ella, con el mismo nivel de convicción.

Guardaron silencio unos instantes hasta que él le soltó la mano para estrecharla entre sus brazos. Siobhan se apoyó en él, descansando la cabeza en su pecho mientras Derick le acariciaba el cabello. Finalmente ella se incorporó, respiró hondo y alzó la mirada. Sus ojos azules parecían más esperanzados que minutos atrás.

–Está bien, de verdad –dijo, y él no supo si intentaba convencerlo a él o a sí misma—. Estoy bien, un poco baja de ánimo. Sé que esto tomará tiempo; sólo tengo que superar la desilusión inicial.

A continuación le ofreció una pequeña sonrisa que parecía un poco más genuina que las anteriores. A Derick le frustraba no poder arreglarlo todo. No importaba que tuviera un montón de contactos o todo el dinero del mundo: esto estaba fuera de su control. Siobhan se sentía como se sentía y punto, pero no podía soportarlo: necesitaba alegrarla, aunque el sentimiento no fuera permanente.

Levantó su barbilla suavemente y pasó su pulgar por el labio inferior de Siobhan antes de acercarse a besarla. Era un beso lento, un gentil deslizar de labios mientras Derick se abría paso a la boca de ella. Al principio se sintió inocente, pero a medida que se alargaba, los roces de sus lenguas se volvieron más hambrientos. Siobhan soltó un quedo gemido de placer; su boca estaba tan húmeda y tibia que él no creyó que podría abandonarla jamás.

Mientras Siobhan le masajeaba la espalda con las uñas, Derick sintió que su miembro despertaba y, al poco tiempo, se tensaba por completo. Se acomodó entre los muslos de ella y, asiéndola de las caderas, la atrajo firmemente. Entonces se dedicó a acariciarla toda: su cabello largo, sus pechos, la suave piel de sus piernas bajo el vestido. Finalmente la levantó del banco y ella lo abrazó con los piernas para que la llevara hasta su habitación.

La colocó sobre el colchón y su boca se movió por su cuello

y sus hombros. Desde que la vio por primera vez en el vestido negro sin tirantes, deseó tener los labios sobre su piel expuesta. Se tendió a su lado, sosteniéndose con un brazo para, con la mano libre, viajar por todo su cuerpo.

—Derick —musitó Siobhan. En respuesta, un gemido escapó de los labios de él. Cada sonido que ella producía, cada respiración, cada palabra, cada suspiro, lo endurecía más y más. Enganchó un pulgar en la tanga de encaje y la deslizó por las piernas de Siobhan hasta pasar por sus zapatos de tacón, que decidió dejarle puestos. Luego pateó sus propios zapatos y calcetines antes de continuar con su camisa.

A la tenue luz que venía del pasillo, Derick podía ver cómo los ojos de Siobhan seguían cada uno de sus movimientos mientras se desvestía. Le encantaba cómo aquello lo hacía sentir: admirado, deseado. Esperaba que ella se sintiera igual cuando estaban juntos.

Derick se pasó una mano por el bulto rígido dentro de sus bóxers y se limpió una perla de humedad en la tela. Ella, a su vez, comenzó a acariciarse el estómago con los dedos, y a bajar lentamente. "Dios, sigue", pensó él, y la mano libre de Siobhan se unió a las silenciosas caricias, paseándose por la piel cremosa de sus pechos mientras la otra mano continuaba su camino hasta hacer contacto con su clítoris.

Esa novedosa intimidad excitó a Derick más que cualquier otra cosa. Le fascinó que Siobhan se sintiera tan cómoda con él. Pero no soportó más tiempo como observador pasivo. Llegó hasta ella y sus labios la atacaron mientras le introducía los dedos. Ella continuó acariciándose y todo su cuerpo se tensó. Él supo que la combinación de caricias la estaba acercando al clímax, pero quería estar justo ahí cuando se dejara ir, quería sentirla a su alrededor, apretándolo todo mientras él embestía en busca de su propio placer. Se frotó contra el suave muslo y supo que podía vaciarse con sólo hacer eso, pero entonces Siobhan intervino.

Envolvió su miembro con su mano tibia y se recostó de lado para mirarlo. Acarició la base, con los dedos todavía húmedos de su propio deseo. La suavidad de esa mano, en contraste con la fuerza con que lo apretaba, hizo que Derick estuviera a punto de perder el control, pero logró frenarse, enfocándose en el placer de ella.

Gimiendo, Siobhan se arqueó contra la mano de él y luego lo fue empujando hasta tenerlo tumbado. Entonces hizo una de las cosas más sensuales que él la había visto hacer: se montó sobre él, le sostuvo las manos sobre la cabeza y lo cabalgó sin piedad. Le encantó que ella tomara el control; era algo que no había hecho en el pasado y lo excitó mucho más de lo que esperaba.

—Siobhan —murmuró, advirtiéndole que se acercaba peligrosamente al clímax. Por supuesto, ella era consciente de que él no tenía puesto un preservativo, y él mucho más: las sensaciones eran increíbles, perfectas. Casi había olvidado cómo se sentía el contacto directo.

—Shh... —susurró ella, y le puso un dedo sobre los labios—, yo también quiero. Está bien.

Y Derick supo que era cierto, que ambos querían y que estaba bien. Así que se permitió empujar más rápido, con las manos sujetando las caderas de Siobhan y sus mechones de cabello golpeándole salvajemente el pecho mientras ella perdía todo control. No pasó mucho tiempo hasta que él se dejó ir también, derramándose en su interior en largas y agudas ráfagas de placer.

Se quedaron tendidos por unos minutos, exhaustos y satisfechos, hasta que Siobhan se incorporó y se dirigió al baño. Cuando volvió, se metió en la cama junto a él y apoyó la cabeza en su pecho. Permaneció en silencio mientras sus dedos se paseaban por el vello que había ahí.

–¿Todo bien? –inquirió él en voz baja para no alterar la tranquilidad del momento. Siobhan se apoyó en un codo para mirarlo.

–Todavía un poco triste –dijo con un puchero. Derick sintió que se hundía en el colchón.

–Sí –continuó ella, con un suspiro–, pero creo que si hacemos eso un par de veces más, me sentiré mejor.

Derick sonrió aliviado mientras contemplaba la chispa en los ojos de Siobhan y la mueca en sus hermosos labios.

–A ver qué podemos hacer.

Capítulo 25

DERICK SALIÓ DEL STONE ROOM y apenas llegar al recibidor del hotel, la divisó. Estaba sentada con las piernas cruzadas y el cuerpo apoyado hacia el brazo del sillón mientras, con una mano, sostenía su cabeza. Blaine le había dicho que Siobhan había huido al recibidor para pasar ahí su descanso y, por su apariencia, quedaba claro que lo necesitaba.

–¿Mala noche? –le preguntó, y se sentó a su lado. Ella siguió mirando al frente.

–Algo así.

–Mira: sea lo que sea, va a estar bien.

Ella soltó una carcajada llena de amargura.

–Yo no estaría tan segura.

–Pero yo sí –dijo él, y la atrajo con un brazo alrededor de sus hombros–. Terminas a las once, ¿no?

–Sí –suspiró ella–, ¿por qué?

–Pasé por aquí para ver si querías venir a mi casa cuando terminaras tu turno, pero si estás tan cansada, vete a casa.

–Sí que lo estoy –admitió ella, dejando caer la cabeza sobre el pecho de él–, pero más vale que me acostumbre, porque nada de esto va a cambiar.

–¿De qué hablas? –preguntó él. Los hombros de Siobhan se encogieron ligeramente.

–Hablo de que ésta es mi vida y va a seguir siendo mi vida a menos que haga algo por cambiarla. Ya pasó una semana desde la exposición y nadie ha comprado nada.

–Pero eso no significa que no vayan a comprar algo. Tú misma dijiste que toma tiempo.

–Pero ¿cuánto tiempo? ¿Semanas? ¿Meses? ¿Años? No hay manera de saber cuánto puede tomar vender un solo cuadro, ya no digamos vivir de algo que la mayoría de la gente considera un pasatiempo.

Derick odiaba lo profundamente triste y desesperanzada que sonaba.

–Pero tú no eres como la mayoría de la gente –arguyó.

–No pienso convertirme en una artista muerta de hambre que a los cuarenta años sigue viviendo en el mismo departamento miserable porque no le alcanza para nada mejor. Y me niego a seguir haciendo un millón de trabajitos estúpidos para poder pagar las cuentas –declaró, y negó con la cabeza alejándose de él–. No puedo. Hay otras maneras de vivir.

–¿A qué te refieres con "otras maneras de vivir"?

–Quiero decir que no es demasiado tarde para buscar otro camino. Todavía puedo volver a la universidad, buscar un trabajo normal.

Por más que lo intentó, Derick no pudo imaginársela en algún horrible trabajo de oficina, en traje sastre, de nueve a seis. Ésa no era la mujer de la que se había enamorado.

–Nunca vas a ser feliz haciendo eso.

Los ojos fatigados de Siobhan se humedecieron cuando volteó a verlo.

–Tal vez tengas razón –admitió, y volvió a encogerse de hombros–, pero ahora mismo tampoco soy muy feliz que digamos.

"Primera noticia que tengo", pensó él. ¿Qué diablos significaba eso? Derick pasó saliva intentando tragarse el nudo en su garganta.

–Lo siento. No me refería a nosotros –dijo Siobhan, percibiendo su miedo–, es todo lo demás. Las largas jornadas, la culpa que siento por dejar a mi familia para perseguir un sueño que quizá nunca dejará de serlo. No sé cuánto tiempo más pueda aguantarlo –confesó, y guardó silencio un instante antes de levantarse súbitamente y alisar su falda negra–. Tengo que regresar. Saúl no me deja en paz últimamente y ahora mismo no puedo permitirme perder el trabajo que paga la mayoría de mis cuentas.

–Está bien –dijo Derick suavemente, y le dio un beso rápido–, ¿me escribes al rato para ver si vienes?

–Claro –y se dio la vuelta para dirigirse al bar. Pero Derick no podía dejar que se fuera en ese estado.

–¿Sabes por qué Saúl le puso el Stone Room, o Cuarto de Piedra?

La cabeza de Siobhan giró hacia él.

–¿Porque las paredes son de piedra?

Derick comenzó a avanzar hacia ella mientras negaba con la cabeza.

—Dijo que quería llenarlo de mujeres que le recordaran gemas raras y hermosas. El tipo de mujeres que todos desearían tener pero sólo algunos llegarían a ver de cerca —explicó, y le acomodó un mechón de cabello detrás de la oreja—. Tal vez te haga pasar malos ratos, pero sabe lo especial que eres. Cualquiera que te conozca lo sabe.

Derick vio el esbozo de una sonrisa antes de que ella se acercara a besar su mejilla.

—Gracias por eso —susurró Siobhan en su oído.

—Para eso estoy —afirmó él, y al ver cómo se alejaba de vuelta al trabajo, deseó con todo el corazón tener más que palabras para darle.

Capítulo 26

–CONTESTA, DERICK. VAMOS, CONTESTA, contesta, contesta –canturreó mientras escuchaba el timbrar del teléfono.

–¡Hola!

Siobhan podía escuchar la sonrisa en su voz, esa calidez que lo caracterizaba.

–¿Por qué tardaste tanto? –le reclamó.

–¿En hacer qué? –preguntó Derick, confundido.

–¡En contestar el teléfono!

–A ver. Mi teléfono sólo suena tres o cuatro veces antes de que entre el correo de voz, ¿cuánto pude haber tardado?

–¡Demasiado, porque estoy emocionada y tengo noticias increíbles que contarte! –exclamó Siobhan mientras brincoteaba, su euforia buscando desesperadamente una salida.

–Bueno, pues cuéntame –pidió Derick entre risas.

–¡Vendí mis pinturas! –anunció. Él no respondió de inmediato, lo cual la descolocó–. ¿No son las mejores noticias del mundo?

–¡Claro! Claro, sí, increíbles. ¡Estoy muy feliz por ti!

–¡Gracias! Ah, estoy tan emocionada... Verónica dijo que

el mismo comprador se las llevó todas, probablemente aquel hombre rapado que estuvo viéndolas la noche de la inauguración. Me dijo el nombre, pero estaba tan ocupada gritando, que no la escuché... –contó, acelerada. Y de pronto se detuvo, abrumada por la emoción. Respiró profundo y dijo, con la voz entrecortada–: Es que... necesitaba tanto esto, ¿sabes? Que alguien apreciara mi trabajo y me hiciera sentir que no estoy perdiendo mi tiempo y...

No pudo continuar y Derick la escuchó sollozar unos segundos al otro lado de la línea.

–Ya lo sé, preciosa. No sabes cuánto me alegra que hayas recibido la motivación que necesitabas –dijo. Se aclaró la garganta– Deberíamos celebrar.

Siobhan sonrió.

–Definitivamente.

Capítulo 27

—¿CUÁL ES EL PLAN para esta noche? —preguntó Siobhan mientras ocupaban el asiento trasero de la Escalade.

—Bueno... prométeme que no te vas a enojar —pidió él. Siobhan inclinó la cabeza.

—Ésa es la peor respuesta que podías haberme dado.

Derick se movió en su asiento para poder verla de frente.

—Ya sé que en general prefieres que no hagamos cosas elegantes, pero ésta es una ocasión especial, así que... ¿podrías seguirme la corriente? —suplicó. Su angustia era tal, que Siobhan se sintió culpable de haber hecho que viviera preocupado por cómo reaccionaría ella a su riqueza. Se inclinó hacia él y entrelazó sus dedos con los suyos.

—Puedo intentarlo.

Derick relajó los músculos, aliviado, y sonrió ampliamente.

—Excelente.

Continuaron el trayecto en silencio hasta que el auto se detuvo y el chofer descendió para abrirles la puerta. El viento obligó a Siobhan a sostener la orilla de su vestido rojo contra sus piernas mientras bajaba del auto.

–¿El Museo Metropolitano? –preguntó, volviéndose hacia Derick. Él asintió–. ¿Está abierto?

Derick le rodeó la cintura con el brazo y la guio a la entrada.

–Para nosotros, sí.

Una mujer llegó a recibirlos y les indicó el camino. Siobhan contempló la opulencia del museo mientras avanzaban. A pesar de haberle dicho a Derick que le seguiría la corriente, Siobhan no pudo evitar que el recuerdo del Burger Joint apareciera en su cabeza. Se sentía ahora como entonces: una vagabunda rodeada de extravagancia y lujo.

Llegaron a la azotea, donde una mesa para dos los esperaba, rodeados de las impresionantes vistas de Central Park y las luces de la ciudad a la distancia. Derick abrazó a Siobhan por detrás.

–Ya sé que no es la primera cena privada que organizo, pero la otra no salió como lo había planeado. Así que me pareció que debíamos intentarlo de nuevo.

Siobhan se recargó en él y volteó la cabeza hacia él.

–Creo que tienes razón.

Sus labios se encontraron para un breve beso que logró transmitir lo que las palabras nunca podrían: lo lejos que habían llegado, lo locos que estaban uno por el otro, lo felices que se hacían y cómo su relación iba en serio.

Derick se adelantó para jalar una silla para Siobhan y de pronto apareció una mesera que comenzó a servirles. Disfrutaron de una deliciosa cena de champiñones rellenos y risotto con mariscos y la conversación fluyó libremente mientras contemplaban las hermosas vistas de Central Park. Pronto había oscurecido y no podían ver nada más allá que uno al otro. Les retiraron los platos y Derick revisó su reloj.

–Sincronización perfecta –dijo, levantándose y tendiéndole a Siobhan la mano.

–¿Perfecta para qué? –preguntó ella al tiempo que tomaba la mano de él y permitía que la guiara al borde del techo. De pronto, un estallido produjo un enorme arco de colores frente a ellos. Siobhan contuvo el aliento.

–No me digas que fuiste tú –le dijo a Derick, y sintió cómo todo él vibraba de risa contenida.

–Bueno, pues no te digo.

–No lo puedo creer –susurró Siobhan, hipnotizada por las luces que iluminaban el cielo sobre sus cabezas. Derick la abrazó.

–¿Demasiado?

–Absolutamente –dijo ella, y dejó de mirar el espectáculo para mirarlo a él–. Pero no voy a mentir. Tener fuegos artificiales sólo para mí es increíble.

–Pues mereces mucho más que eso. Pero es un buen principio –y le dio un suave beso en la mejilla. Luego se volvió para seguir viendo los cohetes, y ella lo imitó. El gran final, una brillante explosión de color y sonido, fue impresionante. Cuando terminó, se buscaron la mirada.

–Ahí abajo –dijo Derick, e inclinó la cabeza en dirección a Central Park–, cuando me diste esa clase de pintura, fue cuan-

do supe que había encontrado algo que se volvería increíble-
mente importante para mí.

–¿Un amor por la pintura? –bromeó Siobhan. Derick le
hizo una mueca y le dio una cariñosa palmada en el trasero.

–No arruines mi momento.

–Mis más sinceras disculpas, señor –dijo Siobhan en jocoso
tono formal. Derick se acercó de modo que sus labios estaban
a milímetros de distancia.

–Creía que esa noche en el Stone Room habíamos acorda-
do que no me llamarías "Señor" nunca más –dijo. Siobhan se
pegó a su cuerpo y alzó la mirada.

–Cierto. Pero pensé que si desobedecía, quizá me darías un
par más de azotes –y adoptó una actitud inocente. Él llevó las
manos hasta su trasero y lo estrujó.

–Así que te gustó eso, ¿eh?

Siobhan gimió algo parecido a un "Sí" mientras Derick seguía hundiendo los dedos en su carne.

–Entonces creo que es hora de irnos –sugirió él.

–Excelente idea. Tu departamento está más cerca.

Sin decir una palabra más, se tomaron de las manos y se
apresuraron hasta el coche. Se sentaron en silencio durante
todo el camino, mirándose con un ansia primitiva que le hizo
pensar a Siobhan que los orgasmos visuales eran posibles.

Cuando llegaron al edificio, se dirigieron al elevador exclusivo del penthouse y, en el instante en que las puertas se cerra-
ron, Derick estaba sobre ella. Con las manos bajo su trasero, la
levantó hasta tenerla contra la pared de espejo. Devoró su

boca con un hambre que la obligó a, instantes después, alejar el rostro para respirar.

Derick comenzó a mordisquear el lóbulo de su oreja y bajó por su cuello. Presionó su rígido miembro contra el suave vientre de ella, que le rodeó la cintura con una pierna para frotarse contra él a través de la tela de su pantalón y del encaje de la tanga.

—Dime qué quieres que te haga —susurró Derick en su oído. Siobhan gimió sonoramente.

—¿Hay alguna cámara aquí?

—No. Este ascensor es para mi uso personal.

Siobhan pasó los dedos por los cabellos de él y después empujó su cabeza para mirarlo a los ojos.

—Entonces quiero que me hagas el amor aquí —dijo con voz rasposa.

—Puedo hacer eso —murmuró él, y llevando una mano entre los suaves muslos, se apoderó de la tanga de seda y se la arrancó, rompiéndola en pedazos. La presión que ejerció la tela en su carne antes de romperse, le causó un cierto dolor, la clase de dolor que bordeaba el placer y lo intensificaba.

Siobhan dejó una mano enredada en los cabellos de Derick y con la otra bajó por el musculoso pecho hasta el estómago, donde encontró el cinturón y lo desabrochó para después ayudarlo a empujar sus pantalones hasta el suelo. Derick no esperó ni un segundo para penetrarla, causando que su columna chocase contra el cristal con cada empujón de sus caderas. Era exactamente lo que ella había pedido y no sabía si lo dejaría poseerla de ninguna otra manera de ahora en adelante.

El ascensor se llenó de gemidos, suspiros y gritos de euforia. Siobhan apenas notó que las puertas se habían abierto en el piso de Derick.

–¿Puedes terminar así? –le preguntó él con los dientes apretados. Ella gimió que sí y que, por amor de Dios, continuara. Derick obedeció, hundiéndose en ella mientras el vello áspero de su pelvis se frotaba contra su clítoris.

–Qué bien... –masculló contra el cuello de ella– te sientes tan bien, Siobhan...

Ella le jaló el cabello para poder atacar sus labios con su hambrienta boca.

–Cerca... –murmuró Siobhan mientras se besaban. Él se retrajo un instante, apretó las caderas de ella con más fuerza y redobló la velocidad y potencia de sus embestidas.

–Voy a explotar, preciosa. Quiero que acabes conmigo.

Siobhan se empujó contra Derick, restregando su clítoris contra el abdomen de él, y alcanzó su clímax con dos empujones más de sus caderas. Todo su cuerpo se estremeció mientras su centro seguía palpitando, acercándolo al orgasmo. La penetró una última vez y se quedó completamente quieto un instante, vaciándose en su interior. Soltó el aire y se balanceó contra su cuerpo unas cuantas veces más, las entrañas de ambos latiendo a un mismo ritmo.

Les tomó unos instantes recuperar el aliento y, cuando su agitación disminuyó, sus cuerpos flaquearon. Derick seguía sosteniéndola, pero las extremidades de ambos estaban exhaustas. Se salpicaron de ligeros besos donde sus labios tenían alcance mientras la piel de ambos, sudada y sensible, volvía a su temperatura normal. Al fin se separaron lo suficiente para mirarse. Siobhan sonrió.

—Quiero celebrar así cada vez que venda algo.

—Trato hecho —dijo él, riendo.

Capítulo 28

ANTES DE ENTRAR A LA GALERÍA, Siobhan le sonrió a su reflejo en la puerta de cristal. Jaló la puerta y aminoró el paso para contemplar el arte que la rodeaba. Apenas una semana atrás habían sido sus pinturas las que colgaban de aquellas paredes. Y ahora las había vendido. Todas. Siobhan Dempsey tenía todo lo necesario para triunfar en la escena artística neoyorquina.

—Siobhan, qué gusto verte.

La voz de Verónica interrumpió su diálogo interno. La mujer se acercó y se saludaron de esa manera que parecía estar tan de moda en Nueva York y que consistía en rozarse las mejillas y soltar besos al aire.

—Yo estoy *encantada* de verte —respondió Siobhan—, no sabes el gusto que me dio recibir tu llamada.

Verónica comenzó a caminar y Siobhan decidió seguirla, dado que la mujer le seguía hablando.

—Sí, sí, es muy emocionante. Y vendiste todo a un mismo comprador. Debes tener un admirador —comentó con una pícara sonrisa. Siobhan rio.

—A mí novio no le gustaría mucho la idea.

—Pues entonces deberías aprovechar la situación, para que no baje la guardia —opinó Verónica, y la guio a la bodega, donde los cuadros de Siobhan estaban en proceso de empaque—. ¿Quieres verlos una última vez antes de que los envolvamos?

Siobhan asintió y retiró las cubiertas. Amaba esas piezas, había puesto su alma y su corazón en ellas y esperaba que su nuevo dueño pudiera apreciar el amor que había en cada pincelada. Tras despedirse de los cuadros, ayudó a Verónica a envolverlos.

—¿Me pasas las etiquetas? Están en la repisa detrás de ti —pidió Verónica. Siobhan se volvió para tomarlas y leyó la dirección, curiosa por saber dónde vivía su benefactor.

Un segundo.

No.

No podía ser.

—¿Estás segura de que son las etiquetas correctas? —preguntó Siobhan. Sabía que el pánico se filtraba en cada sílaba, pero en ese momento era incapaz de actuar tranquilamente.

—Sí, ¿por qué? —preguntó Verónica, con los ojos entrecerrados.

—No pued... no... —tartamudeó. Apretó las etiquetas en su mano y volvió a mirarlas, suplicando porque los datos en ellas cambiaran por arte de magia. Él no sería capaz de hacerle eso. No podía. No se habría atrevido, ¿o sí? Era una pregunta estúpida, porque lo había hecho. Las etiquetas portaban el nombre de Roderick Miller y la dirección era la suya. Él había sido el comprador, el admirador, el benefactor.

Toda la alegría que había sentido por vender su trabajo se evaporó como si nunca hubiera estado ahí. La venta no había llegado porque alguien valorara su trabajo, sino porque su novio millonario le había tenido lástima. Pero en un instante, su dolor se convirtió en algo mucho más poderoso. Cólera. No necesitaba quedarse con un hombre que la trataba como si su felicidad fuera algo que podía comprarse. Que veía su arte como un pasatiempo que su dinero podía aplacar.

Siobhan miró a Verónica y en tono cortante le dijo:

—No los envíes.

—¿Qué? ¿Por qué? —exclamó Verónica, incrédula.

—Porque no se los merece.

Capítulo 29

SIOBHAN ABORDÓ EL ELEVADOR hecha una furia. Cuando las puertas se abrieron, Derick estaba frente a ella.

–¡Qué sorpresa! –dijo, contento de verla. Le sonrió, pero ella no devolvió el gesto.

–¿Quieres hablar de sorpresas? ¡Yo acabo de toparme con un par de sorpresas!

Derick frunció el ceño ligeramente.

–¿Quieres entrar para que platiquemos?

–No, no quiero entrar. Creo que puedo decir lo que tengo que decir desde aquí –soltó. Luego respiró hondo–. Además, ¿no dijiste alguna vez que no debería invitar extraños a mi departamento? Tal vez tampoco debería entrar a departamentos de desconocidos.

Los ojos de Derick se entrecerraron mostrando su aparente confusión.

–¿De qué estás hablando, Siobhan?

–No confiaste en mí ni para decirme tu nombre verdadero –reclamó ella. Él abrió la boca como para decir algo pero la cerró de inmediato. Hasta ella sabía que no había pretexto posible.

–¿De eso se trata todo esto? ¿De mi nombre?

Siobhan dejó de mirarlo y soltó una amarga carcajada. Derick hizo amago de acercarse para tomar su mano, pero ella se cruzó de brazos antes de que pudiera tocarla.

–No, no tiene que ver con tu nombre. Tiene que ver con el hecho de que tú fuiste quien compró todas mis pinturas. Supongo que tampoco te pareció importante contarme eso.

Derick no supo cómo responder.

–Felicidades. Encontraste una forma más de hacerme sentir como un fracaso absoluto –declaró. El rostro de él se suavizó.

–No lo hice para hacerte sentir como un fracaso. Lo hice por...

–Olvídalo, Derick. O Roderick, como sea que te llames –atajó ella.

–Siobhan, por favor. Escúchame.

–No hay nada que puedas decir para justificar lo que hiciste –dijo–, sólo puedes meterte en más problemas.

Por la forma en que los labios de Derick se entreabrían cada tanto, Siobhan supo que quería decir algo. Por fortuna, se abstuvo. Necesitaba que él escuchara sus últimas palabras para poder dejarlo ir.

–Después de todo lo que hablamos, de todo lo que te he dicho acerca de mis conflictos con tu dinero y lo importante que es mi arte para mí, de verdad no puedo creer que hayas hecho algo así–. Su mandíbula se tensó y sus labios estaban tan apretados, que formaban una fina línea–. Creí que me apoyabas. Ya tengo suficiente con que mis padres...

–Claro que te apoyo. Por eso los compré. Para ayudarte
–objetó.

–Pues no me ayudas. Esto no me ayuda. Y tú lo sabías, o no
me habrías ocultado la verdad en primer lugar –dijo, y enderezó la columna–. Me llevaste a celebrar, Derick. Dejaste que me
sintiera orgullosa de un logro que no fue mío... ¡de una menti-
ra! ¿Sabes cómo se siente?

Derick negó con la cabeza, con la mirada baja y una mano
tallándose la frente.

–Claro que no sabes. Si supieras, no habrías comprado mis
pinturas –dijo, y retrocedió hacia el ascensor–. No puedo más
con esto. Se acabó.

Siobhan tragó saliva y presionó el botón del ascensor para
volver a la recepción. Estaba más que lista para dejar atrás todo
lo que no la apoyaba: su novio prepotente, esa agotadora ciu
dad, el trabajo que valoraba su apariencia por sobre cualquier
otra cosa. Si quería encontrarse a sí misma, tendría que ser en
un lugar con una comunidad que la fortaleciera como artista
en vez de arrastrarla por los suelos. Un lugar como el que Kayla
había sugerido.

"No hay nada más que pensar", se dijo Siobhan. Se mudaría
muy, muy lejos. Y nada ni nadie podría detenerla.

Acerca de la autora

ELIZABETH HAYLEY son en realidad "Elizabeth" y "Hayley", dos amigas que han llevado su amor por las novelas románticas al nivel de la obsesión. Esta pasión las llevó a sacar provecho de sus estudios de literatura inglesa en la escritura de sus propias novelas.

TIENE MILLONES, PERO SIN ELLA, NO VALE NADA.

Después del traumático rompimiento con Derick, su novio multimillonario, Siobhan se muda a Detroit para construir su carrera como artista en sus propios términos. Pero Derick la quiere de vuelta, y aunque el cuerpo de ella vibra a su contacto, no sabe si podrá volver a confiar en él...

Lee un avance de *Radiante*, el apasionante segundo libro de la Trilogía Diamante.

SIOBHAN SE COLGÓ SU bolsa del hombro y esperó a que la luz se tornara verde para cruzar la concurrida intersección. Mientras balanceaba su peso primero en un pie y después en el otro, su impaciencia crecía. Necesitaba pintar.

La llamada con las chicas del Stone Room la noche anterior le había provocado una tormenta emocional de proporciones épicas. Ahora, él estaba ahí, presente como un fantasma detrás de cada pensamiento, detrás de cada movimiento.

Mientras continuaba el camino hacia su estudio, Siobhan maldijo a Marnel por la cincuentava vez. Durante el último mes, había estado trabajando realmente duro para no pensar en Derick, y hasta ahora había estado funcionando. Quizá no estuviera totalmente feliz todavía, pero se acercaba. El hacer nuevos amigos, encontrar un trabajo que pagaba bien y ver que su arte tenía buena recepción en el área, habían contribuido a mejorar su ánimo de manera notable. Pero ahora se encontraba gruñona. Y tensa. Y... triste. Maldita seas, Marnel.

Siobhan volvió la cabeza para asomarse a su cafetería favorita. Casi no había dormido la noche anterior, así que una dosis de cafeína le vendría bien. Pero al echar un vistazo por la ventana, su corazón casi se le sale del pecho. Se frenó en seco, y no por lo que había visto a través del cristal, sino por lo que estaba reflejado en él.

Lo repentino de su parada causó que un hombre chocara contra ella, rompiendo su concentración.

–Lo siento –murmuraron los dos. Él continuó por la banqueta y ella, inmóvil, volvió a clavar la mirada en la ventana. Se había desvanecido. No podía ser, estaba segura de que había visto a... No. Imposible. No había sabido nada de él desde su mudanza a Detroit. Agitó la cabeza. Qué patético. Ahora, además de pensar en él, estaba teniendo visiones.

Apretó la bolsa contra su cuerpo y apresuró el paso. Necesitaba llegar a su estudio, perderse en su arte y olvidarlo.

Como si fuera posible olvidar a Derick Miller.